云端 与 大地

戴珩 著

南京师范大学出版社

图书在版编目（CIP）数据

云端与大地 / 戴珩著. -- 南京 : 南京师范大学出版社, 2014.11
 ISBN 978-7-5651-1894-4

Ⅰ. ①云… Ⅱ. ①戴… Ⅲ. ①散文集－中国－当代 Ⅳ. ①I267

中国版本图书馆CIP数据核字(2014)第247001号

书　　名	云端与大地
作　　者	戴　珩
责任编辑	张　莉
出版发行	南京师范大学出版社
地　　址	江苏省南京市宁海路122号（邮编：210097）
电　　话	(025)83598919（总编办）　83598412（营销部） 83598297（邮购部）
网　　址	http://www.njnup.com
电子信箱	nspzbb@163.com
照　　排	南京理工大学印刷照排中心
印　　刷	苏州工业园区美柯乐制版印务有限责任公司
开　　本	850毫米×1168毫米　1/32
印　　张	8.75
字　　数	153千
版　　次	2014年11月第1版　2014年11月第1次印刷
书　　号	ISBN 978-7-5651-1894-4
定　　价	38.00元

出版人 彭志斌

南京师大版图书若有印装问题请与销售商调换
版权所有　侵犯必究

目录

第一辑

呵护心灵 / 003
爱是什么 / 004
真爱 / 008
打开 / 009
心有所期 / 010
自己领情 / 011
心心相印 / 012
心疼自己 / 014
品质生活 / 016
爱与创造 / 017
安静的生活 / 018
等待的幸福 / 022
一定要小心 / 023
爱和恨的区别 / 024

什么是不能舍弃的 / 025
爱情没有替代品 / 026
有爱人在的地方就是天堂 / 027

第二辑

快乐 / 031
自由 / 032
识人 / 033
底线 / 034
淡看 / 035
幸福 / 036
放下 / 037
危机感 / 038
爱惜自己 / 039
不跟风 / 040
不凑热闹 / 041

不要浮躁 / 042
不要迎合 / 043
不依附 / 044
不投靠 / 045
别赖社会 / 046
人的骨头 / 047
人与生活的关系 / 048
人生的过程是行走的过程 / 049
创造至上 / 050
超越一地鸡毛 / 051
不留阴影 / 052
选择 / 053
占据制高点 / 054
不要在意周围人的评价 / 055
桥的命运 / 056
平常心 / 057
文化慈善 / 058

强大内心 / 059
共沐书香 / 060
大树与害虫 / 062
成长的烦恼 / 063
被孤立的时候 / 064
人生的最佳选择 / 065
自恋并不是一件坏事 / 066
关注大事 / 067
不要冲动 / 068
不要数落别人 / 069
不要逞口舌之快 / 070
上升和坠落 / 071
要懂得珍惜 / 072
保护自己 / 073
别耍小聪明 / 074
路是每个人自己走的 / 075

第三辑

悲哀 / 079
体谅 / 080
不客气 / 081
不自知 / 082
白眼狼 / 083
轻薄 / 084
强硬 / 085
武断 / 086
光环 / 087
摆谱 / 088
做秀 / 089
神秘 / 090
焦虑 / 091
新闻 / 092
人性 / 093

演员 / 094
趋炎附势 / 095
叶公好龙 / 096
并不等于 / 097
自挖陷阱 / 098
可怕的聪明 / 099
对根本问题的回避 / 100
人们所记住的东西 / 101
不要耍大牌 / 102
事情多的人和事情少的人 / 103
战争思维 / 104
生活不是打仗 / 105
别那么斩钉截铁 / 106

第四辑

路 / 109
尊卑 / 110

做事 / 111	虚假 / 128
定力 / 112	出发点 / 129
批评 / 113	回归常识 / 130
稳健 / 114	至刚至柔 / 131
耐心 / 115	不要树敌 / 132
说话 / 116	工作与生活 / 133
立魂 / 117	持之以恒 / 134
错误 / 118	人生的敌手 / 135
效率 / 119	力量的产生 / 136
逃逸 / 120	不被重用的原因 / 137
幻想 / 121	闲着和忙着 / 138
庸官 / 122	理由和借口 / 139
强盗 / 123	贪官定律 / 140
时间 / 124	恐龙和蚊子 / 141
优越感 / 125	别把自己废了 / 142
轻蔑 / 126	体制 / 143
聪明 / 127	强者 / 144

悟性 / 145

突然 / 146

边缘 / 147

形式 / 148

感恩 / 149

阅读 / 150

应该 / 152

害虫 / 153

不经意 / 154

跟不上趟的人 / 155

两种思路 / 156

一夜风雨 / 157

国家形象 / 158

遭人妒忌 / 160

国庆节的内涵是国庆 / 161

沟通并不是一件容易的事 / 162

事情的大与小 / 163

批评生活的人 / 164

作家的类型 / 165

想馅饼和做馅饼 / 166

名与实 / 167

都是常人 / 168

价值尺度 / 169

珍惜天分 / 170

领悟上苍的意图 / 171

开启灵性 / 172

梦想让人走得更远 / 173

第五辑

说大家 / 177

说感觉 / 180

说心态 / 182

说平台 / 186

说理念 / 190

等待 / 194
快乐点 / 198
不埋怨 / 202

第六辑

劳作 / 209
我的早餐 / 210
享受感冒 / 212
我的小小的骄傲 / 216
成长的快乐 / 217
不自作多情 / 218
面对挑剔 / 219
现在 / 220
气息 / 221
直觉 / 222
责任 / 223
境界 / 224

知己 / 225
沉稳 / 226
柔情 / 227
儒雅 / 228
理念 / 229
生命自觉 / 230
心怀感恩 / 231
人生是一种修行 / 232
人生是一种体验 / 233
成功者的成功之处 / 234
不苛求他人 / 235
不干预他人 / 236
时代的高度 / 237
条条大路通罗马 / 238
人在高处 / 240
模模糊糊看世界 / 241
把自己的事情办好 / 242

不入圈套 / 243	清理 / 253
不要疏忽 / 244	宽谅 / 254
不要想当然 / 245	心语 / 256
姿态 / 246	信仰 / 258
洁净 / 247	诗意的光亮 / 260
智者 / 248	自是欢喜 / 262
名声 / 250	让自己和他人都活得更好 / 264
财富 / 251	
口味 / 252	后记 / 266

第一辑

呵护心灵

心灵是生命中最重要的部分。

心灵最柔软,最脆弱,也最容易受伤。

每个人都应呵护好自己的心灵,要有智慧和能力来抗击、抵御并尽量避免外界可能给心灵造成的冲击和伤害;同时,要有足够强的定力排除一切干扰和诱惑,维护住心灵的宁静、安妥、饱满、充实、丰盈和高贵。

当然,心灵的成长难免会经受痛苦和磨难。但是,经过历练的心灵会更饱满,更健康,更纯净,更美好,更高贵,会开出更为温暖更为宁馨的花朵。

并不是每个心灵都会和都能开花。

但能够开花的心灵所绽放的一定是世间最动人最芬芳的美丽。

爱是什么

爱是一见钟情的倾心。

爱是命中注定的相识。

爱是无法躲避的缘分。

爱是抑制不住的心跳、紧张、兴奋和期待。

爱是一颗心对另一颗心的想望,是一颗心对另一颗心发出的呼唤。

爱是十指的自然相扣,是身体的自然相拥,是生命的自然相融。

爱是想望时的心跳,见面时瞬间的羞涩,拥有时全身心的投入。

爱是无时不在的想望,无时不在的牵挂,无时不在的惦念。

爱是最深切的理解、关心和体贴。

爱是莫名其妙的担心、猜测、怀疑和嫉妒。

爱是悄悄的心痛、心疼、欢喜和满足。

爱是相思时抑制不住发出的小脾气,是相拥时眼角抑制不住流出的幸福和欢喜的泪水。

爱是无与伦比的踏实、安宁、温暖、温馨,是极致的幸福、快乐、甜蜜和愉悦。

爱是至真至纯至柔的情感。

爱是两个生命深深的相知和彼此的珍惜。

爱是瞬间身体的柔软,心灵的柔软,情感的柔软。

爱是瞬间涌出的幸福的泪水。

爱是心甘情愿地被吸引、被征服。

爱是抑制不住的身体和内心的冲动。

爱是想望时无法抑制的心跳和心动。

爱是时时的等待、渴望和期盼。

爱是两个人享有共同的精神生活、情感生活和心灵生活。

爱是超乎寻常的听话、顺从。

爱是异乎寻常的温柔、温顺。

爱是两个生命同时感受到的身体的舒展和灵魂的飞升。

爱是两个人相聚迢遥，却感觉如在身旁。

爱是心甘情愿地把自己的身体和灵魂全部托付给对方。

爱是永不厌倦地用语言交谈，用身体交谈。

爱是咀嚼不尽的幸福，回味不尽的甘甜。

爱是两个人居于茅檐之下，心里却感觉胜过住在最华美的宫殿。

爱是不挑剔，不责备，不嫌弃，不抛弃，爱是眼眸里装满了欣赏、肯定、赞许和疼爱。

爱是心头时时升起的温暖。

爱是牵了手就不愿分开，不再分开。

爱是心灵最坚固、坚实的堡垒和最可靠的避风港。

爱是时时都在的满足和踏实。

爱是生命中最大、最重要、最丰厚、最美妙的获得。

爱是心头和身体内部的小痒痒。

爱是思念时瞬间从脚底升至头顶的热流。

爱是最深切的体察、体贴、体谅。

爱是对生命与身体的重新认识和发现。

爱是时时新鲜的感觉,时时强烈的冲动,时时激情的状态,时时充溢的喜悦。

爱是永远的倾诉和聆听。

爱是无法言说的幸福、满足和快感。

爱是让你觉得爱是生命中最大和最重要的事情。

爱是稍有缺失生命顿时就被抽空了的感觉。

爱是一种无法掩饰的欣喜和惊异。

爱是生命的影子。

爱是不怕被重复表达,即便是已经表达了一万次,依然时时愿意表达的感情。

爱是生命的芬芳,身体的芳芳,思想的芬芳,情感的芬芳,灵魂的芬芳。

爱是心头最大的满足和骄傲。

爱是信仰。

爱使人生完整,使生命完整。

真 爱

真爱是深深地植入和融入一个人生命的东西,它在某种程度上已经成为一个人身体的一部分,化为一个人的一个器官。

真爱是一个人心脏的每一次跳动,是一个人血液不间断的循环,是一个人自自然然的一呼一吸。

真爱深深地影响着一个人的心情和生活。有真爱在,你不仅会感觉到身体健康、舒展、通透,觉得身上有劲,更重要的是,你会觉得心情舒畅、愉悦。因为心有所恋,心有所依,心有所归,你会觉得特别踏实、安全、安宁、温馨、温暖,而且,每天都会生出许多新的热情,新的向往,新的期待。

生命中有真爱的人,心胸会变得特别大,心地会变得特别善良,心灵会变得特别纯净,心肠会变得特别柔软,心态会变得特别平和,举止会变得特别沉稳,目光会变得特别慈柔,声调会变得特别悦耳,表情会变得特别生动。生命中有了真爱,一个人就会更加爱自己,爱他人,爱自然,爱生活,一个人的内心就会有充足的底气,遇事就会不焦不急,不慌不乱,泰然处之。

真爱是生命中的至宝。拥有真爱,是生命中的至福。

打　开

对于生命而言，打开的状态是最美妙的状态。

把身体打开，把感觉打开，把情感打开，把思想打开，把灵魂打开，把一切的一切全部打开。

打开的状态，犹如春笋在春雨中一下子钻出地面，犹如蓓蕾在阳光下瞬间绽放，犹如清风在无边的旷野上尽情地吹拂，犹如深潭在飞泻的瀑布下畅快地承接。

打开的状态，犹如秋天的原野脱去遮饰，把自己彻底地呈现给蓝天。打开的状态，犹如春天的花海尽显风情，对着太阳表达无限的激情和渴望。

打开的时候，可以自由地呼吸，自由地吸纳，自由地创造，自由地表达。

唯有彻底地打开，生命才会进入一种澄明、通透、舒展、自由、快乐、幸福的大境界。

我们不可能随时打开自己。我们也无法随时打开自己。

只有最爱自己和自己最爱的人，才能够把自己打开。

也只有面对自己最爱和最爱自己的人，我们才能够把自己打开。

能够被一个人打开，能够在一个人面前彻底地打开自己，是人生的至福。

只有能够被一个人打开，能够心甘情愿地在一个人面前彻底地打开自己，我们才能说，我们的生命没有白活。

心有所期

人是靠希望活着的。

人要活得精神，活得有劲，必须心有所期。

心中所期待的东西，往往既是朦胧的，也是清晰的；既是想象的，也是现实的；既是遥远的，也是触手可及的。

心中所期待的东西，一定都是最重要的东西，也是最美好的东西。

心有向往，心有所期，一个人的内心就有了强大的力量和坚实的支撑。一个人就能耐住寂寞，就能平静地对待生活，就能忍受眼前的平庸和平淡，甚至忍受某种痛苦和煎熬。因为他知道，眼下的一切终将过去，而欢乐和幸福的时刻终将到来。

自己领情

不能不说,生活中有些人不领情,或是不懂得领情。

不领情让人多少有些失望和寒心。你诚心诚意帮助和支持了别人,为了帮助和支持别人,你甚至付出了很大的牺牲,但对方却一点感谢的意思和一句感激的话语都没有,他不但觉得你所付出的一切都是应该的,甚至觉得你付出的还不够,或者觉得你所给他的还不是最好的。

面对不领情的人,我们无话可说。

但是,即便所有的人都不领情,我们该付出的还是要付出。

我们领情。我们领自己的情。因为有了这份付出,我们才称得上是真正的人。

心心相印

还有什么比心心相印让人感到更为美妙和愉悦的呢?

彼此的信仰一致,彼此的追求一致,彼此的价值观一致,彼此的情趣、喜好、审美、生活习惯一致,彼此的思维方式、行为方式、表达方式一致。

情感高度契合。

精神高度契合。

灵魂高度契合。

不需要作任何沟通,彼此会对事物作出同一判断。

不需要作任何商量,彼此会对生活作出同一选择。

不需要作任何要求,彼此会对事情作出同一反应。

不需要迁就，不需要迎合，不需要忍让，只需自自然然的，只需随着自己的心意，只需跟着自己的感觉走，就会得到对方完全的认同和应和。

彼此的心灵时刻相通。

彼此的情感相互感应。

彼此的生命相互呼应。

没有误会，没有疙瘩，没有勉强，没有别扭，没有委屈，没有不快。

做什么事都顺溜，做什么事都畅快，做什么事都高兴，做什么事都愉悦。

彼此始终心意一致，感觉一致，行动协调，行为默契。

心心相印是一种很高的境界。

能够做到心心相印，生命会少去许多无端的烦恼和痛苦，增添无限的幸福和喜悦。

心疼自己

在一定程度上，我们要学会心疼自己。

不要把自己看得过于强大，不要认为自己无所不能，不要包揽天下所有的事情，不要背负自己根本无力承载的责任。不要过分地要求面面俱到，不要过分地追求完美，不要无限度地透支自己，甚至不要心里总是想着和牵挂着别人，唯独没有自己。

不要在已经十分疲惫的时候依然四处奔波，不要在体力已经难支的时候还要负重前行，不要在已经困倦不堪的时候还在挑灯夜战，不要在已经心力交瘁的时候还在不停操劳。

每个人都有自己精力和体能的极限。不要老是触碰和抵达极限，不要老是挑战和超越极限。

有时，宁可把自己想得柔一些，弱一些。能慢下来的脚步尽量慢下来，能减轻的压力尽量减下来，背负不了的负担也可以卸载一些下来。

留些时间给自己，留些空间给自己。让自己有歇脚和喘息的机会，让自己有休息和调整的机会，让自己有积蓄和充电的机会。

这个世界上的事情是做不完的。没有谁能包打天下，没有谁能承担起世界上所有的事情。

心疼自己，不是偷懒，不是逃避责任，不是推卸应该承担的使命，更不是自私和不求上进。世界上的每一个生命都是极其珍贵的，包括我们自己。心疼自己，是爱惜自己，珍惜自己，是对自己和家人以及社会的负责。心疼自己，是为了让自己更健康更可持续地发展，是为了让自己能够更好地生活，更好地工作，更好地为社会、为世界作更大的贡献。

要学会心疼自己，免得自己因过于劳累而老是让别人心疼。

品质生活

我相信，每个人都想过上一种品质生活。

但是，对品质生活的理解，每个人可能是不尽相同的，甚至可能存在着很大的差异。

大部分人对品质生活的理解，可能都倾向于外部。比如，工作体面，轻松，收入颇丰；有宽敞的住房，有别墅，有豪车；不需要早起，每天早上可以睡到自然醒，不需要担心因为迟到被罚奖金或是被谁批评；可以穿上舒适的睡衣躺在躺椅上，一边喝着红酒，一边听着音乐；可以带上宠物，心无挂碍地去海边度假……

毫无疑问，这样的生活都是令人向往的，也都具备品质生活的基础，或者说，也都具有一定的品位和品质。

但是，我想说的是，真正的品质生活不仅需要具备许多外部的物质条件，更需要具备内部的精神条件。

真正的品质生活不能缺少爱，包括爱和被爱。

爱是品质生活的内核。一旦内核缺失或者被抽空，生活就会变成毫无价值毫无意义毫无趣味的空壳。

爱与创造

爱与恨都能产生动力，激发创造力。

但是，爱与恨毕竟是两种截然相反的情感，因此，二者的心灵指向、目标指向和结果呈现也会有很大的差异。

恨容易导致和指向恶，而爱则导致和指向善。

我注意到了这样一个现象，一个心里怀有恨的人，他的作品常常是丑陋的，怪异的，恐怖的，狰狞的，让人恐惧和不安的，失望和绝望的；一个心里怀有爱的人，他的作品常常是美好的，宁静的，平和的，亲切的，让人安妥和踏实的，感到信心和希望的。

我愿意创造者的心中怀有更多的爱。

安静的生活

安静的生活是天底下最为美好和最为幸福的生活。

安静的生活，意味着不被打搅，不被骚扰，不被强迫，不被侵犯。安静的生活，意味着自己的生活完全由自己来安排，自己的生活完全由自己做主。

安静的生活自由，自然，舒心，舒展。生活的节奏和生命的呼吸完全同步，生活的内容和生命的需要完全契合，生活的气息和生命的感觉完全一致。

安静的生活简单，素朴，随心，随性。不需要设定作息时间，不需要对自己提任何的要求，也不需要对生活作任何的计划和预设。该醒的时候就醒来，想做什么的时候就做什么，想怎么样就怎么样。想懒惰的时候就懒惰，想放松的时候就放松，想用功的时候就用功，想勤奋的时候就勤奋，想上进的时候就上进，想激情的时候就激情,想尽兴的时候就尽兴。

可以静静地躺在床上什么也不想。可以坐在椅子上随意地翻书。可以站在窗前看楼下风景。可以靠在沙发上听歌曲,听音乐。可以一边为爱人缝钉衣服上的纽扣,一边听爱人富有磁性和感染力的朗读。可以和爱人相拥相视,缠绵悱恻,共舞一曲。可以和爱人一起细细回味生活中那些过往的美好瞬间和点点滴滴。

安静的生活,不是我们不得不接受的生活,而是我们自主选择的生活。

安静的生活,不是单一、单调、无聊和乏味,而是极大的充实、充盈和丰富,它所带来的,是无法言说的踏实、安宁和欢愉,是内心深处极大的幸福、安详和满足。

我们需要过上这样一种安静的生活。只有拥有了这样一种安静的生活,我们才能真切地感知到此时此刻我们身处何处,我们才能更真切地体味到生命中最可珍贵的和最坚实的依靠是什么,我们才能有机会静视自己的内心,才会有时间关爱自己,才能真正享受爱,享受艺术,享受思考,享受美,享受生活。

这个世界太过烦乱和繁杂,太过喧闹和喧嚣。这个世界,几乎充斥着空洞的热闹和风光、迎合和应酬,以及极度无聊和无意义的争抢和争斗。而所有这些,只会给生命带来损伤,而对生命毫无益处。

人生短暂。我们不能在世俗的虚伪和虚荣中迷乱和迷失自己,亏待和伤害自己。我们应该尊重和遵从自己的内心,过一种自己真正想要过的安静的生活,而不是别人强加给我们的,我们不得不接受的纷乱喧嚣的难熬的郁闷的痛苦的生活。

安静的生活,让我们远离繁杂和烦嚣,远离功利和纷争,远离焦灼和焦躁,远离无聊和可笑。

过上安静的生活,并不那么容易。要想过上安静的生活,必须有坚实和强大的内心,必须有坚定和坚毅的品格,必须有凛然不可侵犯的尊严。要想过上安静的生活,必须能够始终保持冷静、清醒和超脱,知道自己活在这个世界上到底最需要什么和最想得到什么。

要想过上安静的生活，必须要有大智慧大能力，能够自觉地回避和规避什么，能够真正做到淡看什么，抵抗什么，排拒什么，舍弃什么。

在这个世界上，我们其实真的不需要得到很多很多。能够拥有更多更好的东西固然很好，如果不能拥有更多的东西，那么，有家，有爱，有真情，能够在一定程度上做到衣食无忧，这已经足够。

退一万步说，如果我们不能保证每天都让自己过上安静的生活，那么，至少，我们要让自己的生命总体上能够享有安静的生活。如果一生中连一天的安静生活都不曾拥有，那么，我们的生活就必然是一种痛苦和煎熬，我们的生命就必然是虚掷和虚度，我们的一生就会留下很大的缺憾。如果造成这种结果的责任在我们自身，我们无疑应该为此感到自责和万分的羞愧，因为，我们辜负了赐予我们生命的上苍，我们犯下了一份永难改正和无法弥补的过错。

等待的幸福

等待是一种幸福。

就像春天的麦苗,怀着憧憬,怀着期盼,怀着渴望,怀着少女般的情怀,等待风,等待雨。

麦苗婀娜着身姿在等待。麦苗踮起脚尖在等待。麦苗伸长手臂在等待。

等待的时候,期盼和渴望让麦苗的身体痒痒的,让麦苗的心里痒痒的,让麦苗的每一个细胞都痒痒的。

当麦苗感到体内热流涌动、心里冲动得不行的时候,那风就从远方轻轻地吹过来了。那风刚一靠近麦苗,麦苗顿即就被那风的气息迷醉了。麦苗身体酥软,情感酥软,灵魂酥软。麦苗情不自禁地随着那风兴奋快活地摆动、舞蹈。

就在麦苗觉得身体燥热、喉咙干渴的时候,雨也在瞬间降临了。先是一点一滴,然后是绵绵细雨,再后来就是瀑布般的大雨。对麦苗来说,那是真正的甘霖哦。麦苗贪婪地畅快地吮吸着那甘霖,承接着那雨水的滋润、沐浴。那一刻,麦苗觉得自己完完全全地被包裹了,被浸润了,被融化了。麦苗觉得自己的心的杯盏被爱,被体贴,被呵护,注入得满满的、满满的。麦苗的感觉飘飘若仙,生命鼓胀着要抽穗,要扬花。

生命能够有所等待,所等待的是自己最渴望和最期盼的,所等待的会在自己最需要的时候如期到来,这真是一种莫大的欢愉和幸福。

一定要小心

一对男女是因为相爱才彼此牵手，结为夫妻的。

但是，在婚姻中，彼此一定要小心，要互相尊重，互相理解，互相包容，互相见谅，要始终怀有如初的爱。

否则，最初的爱人就会变成后来的路人，甚至仇人。

爱和恨的区别

爱和恨肯定有区别。

但爱和恨有时又难以区别。

有一种恨是源于爱和太爱,只是因为这种爱和太爱没有得到满足和实现,才导致了恨。这种恨可谓爱恨交加,甚至爱可能还大于恨。这种恨一旦机会成熟,还可能还原为爱。

但有一种恨就是单纯的恨,彻底的恨,咬牙切齿的恨,是欲彻底消灭对方、置对方于死地的恨。

这种恨就是用高倍显微镜去看,也发现不了一丝一毫的爱。

什么是不能舍弃的

生命中有许多东西可以舍弃。能够舍弃的东西，都是生命中的赘物。

生命中有些东西是不能舍弃的。这些东西和你的生命紧密关联，甚至就是你生命的重要组成部分。没有了它们，你的生命就会不完整，就会出现残缺，就会生出各种各样的毛病；你就会沮丧，痛苦，迷茫，郁闷，焦躁，绝望，丧失所有的欢乐和幸福。

生命中最不能舍弃的就是真爱。它是我们情感和心灵的命脉。没有了真爱，所有的生活立刻就会变得黯然无光，而生命本身立刻就会变得形同枯槁，毫无价值，毫无意义。

爱情没有替代品

随着科技的日益发达，很多东西都有了替代品。但是，爱情是没有替代品的。爱情只会在特定的两个人和两颗心灵之间产生和进行。不管科技发展和发达到任何程度，也不会有什么能够取代和替代爱情。

因为没有替代品，因为没有其他任何人和任何东西能够取代和替代爱情，爱情就显得极其珍贵。

真正的爱情注定是独特的和唯一的。

因此，对待爱情，我们唯有倍加珍视、珍爱和珍惜。

有爱人在的地方就是天堂

爱比什么都重要。

爱比什么都美好。

爱，温馨，温暖，甜蜜，甜美。

爱，能让沉寂变得生动，能让枯燥变得有趣，能让寻常变得新奇，能让灰暗变得明亮，能让苦涩变得甘甜，能让无味变得芬芳。

爱能驱走孤寂，寒冷，痛苦，憋屈，爱能带来希望，带来踏实，带来满足，带来喜悦，带来欢乐。

爱，让人没有孤单，没有空虚，没有怅惘，没有委屈，没有失落。

世间最大的幸福就是拥有一个深爱自己并被自己深爱的人，并且能够和深爱自己并被自己深爱的人在一起。

有爱人在的地方就是家园。

有爱人在的地方就是天堂。

第二辑

快　乐

如果从他人的视角来看，人的快乐可以分为这样两种，一种是别人看得见的快乐，另一种是别人看不见的快乐。

很多人所注重的是别人看得见的快乐，因为这关系到自己的荣耀和体面。因此，很多人自觉不自觉地都把自己的快乐显示给别人看，因为有意要向别人显示自己的快乐，这种别人看得见的快乐就难免会有些夸张，甚至会有伪装和虚假的成分。

就我个人而言，我更看重的是别人看不见的快乐。没有任何其他人在现场，我所面对的只有我自己，如果这时候我依然感到快乐，这种快乐无疑是最真实的快乐。

说句自私的话，真正的快乐和最大的快乐我是舍不得与别人分享的，因此，也就不愿轻易表现和显示给别人看。我一直说，最大的快乐是私享和独享的快乐，是没事自个儿偷着乐。这话我过去只和我最亲密的朋友说过，因为，也只有我的这位最亲密的朋友，才真正听得懂，听得明白。

自　由

人生最宝贵的是自由。

自由包括身体的自由和思想的自由。而身体的自由和思想的自由又密切相关。有了身体的自由才会有思想的自由，或者说，身体自由是思想自由的基础和保证，如果身体失去自由，思想则很难达到一种高度自由的境界。

换句话说，要想让思想得到充分的自由，首先，身体必须拥有充分的自由。只有身体首先冲出牢笼，思想才能冲出牢笼。

识　人

识人很重要。

人有三教九流，三六九等，有忠有奸，有善有恶，有高尚有卑鄙，有高雅有粗俗。

识人，才能近君子，远小人，近善人，远恶人，才能免于被算计，被耍弄，被侮辱，被伤害，才能少麻烦，避灾祸。

识人其实并不难，只要拉开距离，冷静观之。

如果已经识出了某人，甚至也看出其人心术不正、品行不端，但出于某种功利，还与之交往，甚至打得火热，那则是有意和自己过不去，有意要羞辱、贬低和断送自己。

底　线

做人必须要给自己设置底线。

底线很重要。

不管遇到什么情况，不管是受到何种威胁和诱惑，底线绝对不能突破。

底线有多高，一个人的品格和品位就有多高。

没有底线，或是丧失了底线，一个人事实上就已经失去了做人的资格和称号。

淡　看

以淡然的心情去看待身边和世界上的一切。

大千世界，林林总总，形形色色。总会有一些调子唱得很高，总会有一些东西看上去很美，总会有一些尘土在飞扬，总会有一些沉渣在泛起，总会有一些毒草冒充成鲜花，总会有一些垃圾包装成精品，总会有一些卑鄙装扮成崇高，总会有一些虚假伪装成真诚，总会有一些小丑在跳梁，总会有一些小人在猖獗，总会有一些权势指鹿为马、为所欲为，总会有一些邪恶畅通无阻，横行无忌。

淡看是一种彻悟，一种通透，一种智慧，一种境界。

淡看一切，就不会被虚假所蒙骗，被威权所胁迫，就能避免冲动、上当、郁闷和沮丧，就能以最坚定的姿态、最轻蔑的目光和最平和的心境面对一切，从而等待泡沫破灭、尘埃落定，等来混乱后的秩序，迷乱后的澄明，等来所有恶势力的覆灭，等来黑夜后的黎明和风雨后绚丽的彩虹。

幸 福

每个人对幸福的认识、感知和每个人幸福的来源不尽相同。

我的幸福来自这几个方面。

一是能够做自己想做和喜欢做的事,并且靠做自己想做和喜欢做的事情能够养活自己,养活家庭,让自己和家人过上一种体面和宽裕的生活。

二是能够说自己想说和愿意说的话,并且所说出的话能够被人接受,能够得到广泛的理解和认同,能够对他人构成影响和启发。

三是能够和喜欢的人在一起,并且能够给他们带来快乐。

而最能让我感到幸福的,则是和相爱的人在一起,相守相望,相亲相拥,共享生命的宁静、踏实、丰盈和欢愉。

放 下

人需要放下。

很多人活得累,活得痛苦,活得纠结,是因为背负的东西太多、太重。

人本没有必要背负那么多东西。

权力也好,功名也好,金山银山也好。背负得太多太重,除了把自己压得苦不堪言,并不见得一定就有多少好处。

人的生活是可以变得很简单的,简单到只要有可以养生的衣食,有爱,有尊严,就足矣。

放下了,人才会活得轻松、自由、舒展、愉悦,人才有可能抵达和体味宁静与幸福。

放下的东西,都是我们本来就不该背负的东西。

能够放下,是一种境界。

还有一种人,境界更高,那就是,他根本不需要放下,因为他的心上和身上,从来就不曾负有任何俗物和赘物。

危机感

在一个飞速发展的时代，没有谁可以高枕无忧。

危机时刻都在产生着。危机就潜伏在我们的周围。危机时刻都会和都可能出现。

有人看不到危机，感觉不到危机，并不是危机真的不存在，只是危机还没有爆发。

在危机没有到来和爆发之前，我们是可以预防和化解的。如果我们对危机的到来做好了足够的心理和行动上的准备，即便危机真的爆发了，我们也能从容应对。

最怕的是缺乏危机感，意识不到危机的存在。一旦危机爆发，就会惊慌失措，束手无策，在危机面前一败涂地。

没有危机感，正是人生最大的危机，或者说，人生最大的危机就会由此而产生。

爱惜自己

　　我们每个人都需要爱惜自己。
　　生命来到这个世界上很不容易。生命能够有今天很不容易。生命属于我们只有这一次。我们没有理由不爱惜自己。
　　要爱惜自己的身体。
　　要爱惜自己的容颜。
　　要爱惜自己的心灵。
　　要爱惜自己的名誉。
　　一个人只有懂得爱惜自己，才能懂得爱惜别人。
　　一个人只有自己爱惜自己，也才能够得到别人的爱惜。

不跟风

风常常是在瞬间就起来了。你还没明白是怎么回事，这风已然是越刮越猛，越刮越凶，成为一种巨大的潮流。

这风有各种各样的风。政治的风，经济的风，文化的风。

还有时尚的风。

人在风中，不自觉地就会被风裹挟，就会跟风。

生活中，几乎随处可见跟风的人。这些跟风的人有不少起初是被动的，到后来，有不少就变成主动的了。这些跟风的人使得风势更大更猛，并且影响、裹挟和鼓动更多的人一起跟风。

风起来的时候，特别是风势越来越大和很大很大的时候，一定要保持冷静，站稳脚跟，不要轻易和盲目跟风。

社会上的风，都是人为制造出来的。那些制造各种风的人，都有着自己的私心和目的。

跟风，就是被他人所迷惑，所左右，所利用。

不跟风。

要相信，这个世界上所有的风都难以持久。即便是再大再凶再猛的风最终也会偃旗息鼓，了无声息。

不凑热闹

这几乎是个普遍规律。

一个地方不能热闹。只要热闹了,这个地方就会形成一个场。一旦形成了一个什么场,其中就必有名利,随之而来的也就必定会有明里暗里的较量、挤兑、交锋、争斗,乃至大吵大闹、大打出手,这个地方也就必然会成为是非之地。

因此,智慧者从不凑热闹。一旦某个地方成为热闹之地,甚至只要这个地方有了热闹的迹象,智慧者便立刻抽身退出,避而远之。智慧者永远居于清静之处。即便被迫无奈,陷于热闹之地,智慧者也形同外人,超然处之,绝不参与场子里的任何活动。

不要浮躁

在一个浮躁的时代，人是很容易跟着浮躁的。

到处是匆匆的行色，到处是膨胀的欲望，到处是瞬间走红、一夜暴富的刺激和诱惑。不知不觉地，就耐不住寂寞，守不住宁静，丢却了沉稳和坚定，怀疑和质疑起自己，心浮气躁起来。

于是，变得心里慌慌的，神情也慌慌的，脚步和言语也是慌慌的，整天跟着莫名其妙的信息忽南忽北，随着千变万化的潮流忽东忽西，直弄得自己疲惫不堪，焦头烂额，却一无所获。

浮躁是一种最害人的东西。眼见身边很多有才华的人，如果沉下心来，执着地做一件事情，本来足可以在某一方面取得骄人的成绩，但最终却虚度光阴，一事无成，究其原因，就是毁在了浮躁上。

不要迎合

不管是在什么时候，不管是在什么场合，不管所面对的是什么人，千万不要迎合。

迎合的姿势是最没有自信、最没有尊严的姿势。只要你在迎合，你就会失去自己，失去平等，失去吸引，失去魅力。

迎合，实质上就是鼓励别人低看自己，轻视自己，小瞧自己。迎合，是最大的自轻自贱。

不要迎合。不迎合，才会显示出自己独立的品格，才会让人刮目相看，才有可能赢得别人的尊敬。

不依附

　　人都有希望得到别人关照、帮助和提携的时候。特别是在官场、职场等等竞争激烈的各种圈子和场子里，只有得到位高权重者的赏识、关照、帮助，自己才有可能被擢升、被重用。

　　向位高权重者示好，表达自己正常的意愿都是可以的，但是，不能因此而完全依附别人。更不能因为得到了位高权重者的赏识、关照、帮助、提携，就形成了人身依附关系。

　　依附于他人，当然会有诸多好处。但是，其坏处也是显而易见的。

　　一旦依附于他人，自己就会完全沦为别人的附属，失去自己独立的人格。

　　而这样所导致的后果，也许比得不到别人的赏识、关照、帮助、提携，还要严重。

不投靠

有人好投靠应该说是件很好的事情,甚至是一件很幸运的事情。

只要投靠了别人,很可能瞬间就会使自己从困境中得到解脱,或者让自己一下子就能得到许多过去所难以得到的东西。

但是,如果不是到了万不得已的地步,轻易不要投靠别人。

投靠别人,虽然会得到种种好处,但却失去了自己独自和生活抗争的勇气和机会,从精神上,自己已经输给了生活。

投靠别人,无形中也会降低和失去自己做人的尊严。

不投靠别人,一切靠自己。唯有这样,自身才会变得强大,才能真正做到自尊、自立。

别赖社会

每个人都是独立的人,有独立的意识、独立的精神、独立的人格。

每个人说什么、做什么,都是由自己决定的。

并不是身处某个社会潮流当中,就一定会被某个潮流所裹挟,就必然地要跟着某个潮流走。也不是身处在社会的某个事件当中,就一定会被这个事件弄得丧失理智、思考和判断力,就必然地成为这个事件的参与者、同谋者甚至是帮凶。

在一个集体堕落的时代,依旧有人可以不堕落。

在一个集体陷入疯狂的时代,依旧有人选择做清醒者。

每个生命都应该切实对自己负起责任。别赖社会,别把什么责任都推到社会头上,自己作出一副无辜甚至是受害的样子。一味地赖社会,说到底,只是毫无意义地为自己辩解和开脱。

人的骨头

是人,都有骨头。

但有的人,让人感觉生的是媚骨。而有的人,让人感觉生的是傲骨。

人们都鄙夷媚骨,敬重傲骨。

其实,媚骨和傲骨并不都是天生的,而是外在环境和各种力量造就的结果。

媚骨和傲骨都有些扭曲和变形,都有着说不出的痛楚和苦涩。

我不赞成人有媚骨,但我也不赞成人一定要有傲骨。

我希望每个人都能有一副正常的骨头。正常的骨头自然会有正常的硬度,它自然,本真。它不谄媚阿谀谁,也不傲视抵抗谁,它自自然然地撑起一副挺直的脊梁,撑起一个尊严的头颅。

人与生活的关系

人与生活的关系是鱼和水的关系。

人离不开生活。人离开了生活，就等于鱼离开了水。人无法要求生活纯而又纯，完全符合自己的理想，就像鱼也不能要求水一定要清澈见底，至清至纯一样。事实上，如果水清而又清，没有一丝杂质，也未必就适宜鱼的生存；同样，纯而又纯的生活也未必就是最美好最幸福的生活。

生活就是这样，复杂，斑斓。好的，坏的，不好不坏的；美的，丑的，不美不丑的；清洁的，污浊的；井然有序的，乱七八糟的，等等，等等，全都那么混合在一起，纠缠在一起。

但人还是不能排斥和拒绝生活，就像鱼不能排斥和拒绝水。人一定要融入生活。人只有融入生活之中，才能得以生存，才有可能去净化和改造生活。

人生的过程是行走的过程

人生的过程,说到底就是行走的过程。

不断地向前走,不停地向前走。

只有不断和不停地向前走,才能证明生命活力的存在。只有不断和不停地向前走,才能不断产生新的希望,不断步入新的领域、新的天地、新的境界。

走,是人生的本质特征。一旦停止了走,生命就会和死亡无异。

走,是对生命意义的探寻和探究,是对人生价值的追求和实现。

走,从什么时候开始都不迟。

想出发,人生处处都是新的起点。

创造至上

对于人生而言，重要的事情和重要的东西很多。总体而言，则是创造至上。

因为追求创造，人的状态每天必是积极的，精神每天必是抖擞的，情绪每天必是高昂的，心中必是时时充满憧憬和渴望。

因为追求和从事创造，人必然会感觉到，生命是极其可爱和珍贵的，人生是极其有意义有价值的，生命中的每一天每一分每一秒都值得好好珍视和珍惜。

因为追求和从事创造，人的潜能必然会得到充分发挥，人在生活中必然会享受到更多的愉悦和欣喜。

不管是大的创造还是小的创造，不管是物质方面的创造还是精神方面的创造，它们都是一个人人生价值的体现和结晶。创造使人生显现光彩，使生活更美好。可以这么说，倘若没有创造，我们的生活将灰暗和无趣之极，我们的人生将一塌糊涂。

凡是追求和坚持创造的人，其内心都极其坚定、饱满、充实、丰盈。他们的创造不仅使他们获得了人生的幸福和愉悦，而且使他们的生命在不同程度上具有了穿越时空的力量，抵达永恒。

超越一地鸡毛

生活中免不了会有一地鸡毛。谁的目光中也不可能一点看不到一地鸡毛。

但是,我们不能把目光长久地盯在和固定在一地鸡毛上,更不能让我们的心里装满一地鸡毛。

如果我们的眼睛只盯着一地鸡毛,无限地放大一地鸡毛,让一地鸡毛占据了我们的整个思想和心灵,我们的人生就会被一地鸡毛彻底地毁掉。

我们无法彻底拒绝一地鸡毛。但我们的目光却可以在瞬间从一地鸡毛上一掠而过。我们要学会超越一地鸡毛。

超越一地鸡毛,其实也很简单,只要我们把目光抬起来,投向远方,投向高处,投向天空。

不留阴影

生活中，总会碰到这样那样的阻碍和摩擦，总会遇到这样那样的风波和周折，总会摊上这样那样的坏事烂事，总会撞上这样那样的不平和不公。

不过，没关系。真的是没关系。不信你试一试，只要你稍稍坚强一下，只要你稍稍挺一下，只要你稍稍豁达和开朗一些，一切很快就会过去。

天塌不下来。

地也不会陷下去。

你依旧还是你。

这个世界上，真的没有多少大不了的事，只要生命还在，只要精神还在，只要爱和信念还在。

不管遇到碰到摊上撞上什么样的事情，都不要太介意，都不要在自己的心头留下丝毫阴影。

让自己的心头始终充满阳光，让自己的生命始终沐浴在希望的阳光里。

选 择

对于人生而言,选择十分重要。从某种意义上来说,是选择决定了我们的生活。

在所有的选择中,道路的选择最为重要。别的选择对我们的影响都可能是一时的,短暂的,也是可以改变的。但是,道路的选择则影响和决定我们的一生。

选择人生道路要慎之又慎。一旦作出了正确的选择,就不要因为遇到风雨、坎坷、挫折而动摇,更不要反悔和改弦易辙。只有坚持在正确的人生道路上走下去,我们才能抵达理想的目标。

占据制高点

制高点很重要。

制高点不仅是一种高度,更是一种左右和控制全局的地位、力量和气势。

人生需要寻找制高点。

人生需要发现制高点。

人生需要选择制高点。

人生需要占据制高点。

占据了制高点,就占据了决定权和主动权。

占据了制高点,也就把握住了胜利和成功。

不要在意周围人的评价

生活中，大多数人都是十分在意和在乎他人特别是周围人对自己的评价的。

人当然应该注意周围人对自己的评价。周围人对自己的评价毕竟也体现了一种价值标准和价值尺度。但是，人也不必太在意和在乎周围人对自己的评价，因为，他们的评价毕竟也只是一种或几种价值标准和价值尺度衡量的结果，未必就是最正确和最权威的结果。此外，由于周围人离自己很近，而周围人又和自己有着工作、生活上的各种关联和名誉、利益上的各种牵扯，每个人评价自己的动机和出发点都有所不同，再加之周围人的认识和认知水平肯定也存在着某种局限，因此，周围人对自己的评价其实也很难做到公正、客观。

可以倾听周围人对自己的评价，也可以把周围人对自己的评价作为一种重要参照，但是也不要太在意和绝对服于周围人对自己的评价。

最了解自己的还是自己。关键在于，自己对自己要作出客观、全面、准确的评价。

桥的命运

桥的命运无外乎三种：被人记住、被人忘记、被人拆除。

每天从桥上走过或经过的人很多。但是，从桥上走过或经过之后，对桥心怀感恩，并能长久地记住一座桥的人，有，但并不很多。走过或经过一座桥，根本就没拿桥当回事，或者没过桥之前是一回事，过了桥之后又是一回事，很快就把桥忘掉的人，可以说是大多数。还有极少数人则是过河之前，表现出对桥顶礼膜拜，感恩戴德，而一旦过了河，立刻便做出无情无义、过河拆桥的糗事。

如何评价过河记桥、过河忘桥、过河拆桥，都是他人的事。桥管不了这些。

不管命运如何，结局如何，桥每天依然只做着一件事：度人。

平常心

人最需要守的就是平常心。

所谓平常心,就是平和之心,平静之心。世间的事情是怎么回事,就是怎么回事。既不去夸大它,也不去缩小它;既不去过分渲染它,也不去过分淡化它;既不去特别重视它,也不去完全无视它。面对所有事情,均平常待之,泰然处之。

所谓平常心,也是慈和之心,宽容之心,悲悯之心。生活在这个世界上,什么样的事情都可能出现,什么样的事情都可能碰到。不管出现和碰到什么样的事情,都能保持冷静和理智,都能坦然待之,淡然处之。

抱有平常心,就会淡看一切,就不会陷于偏激和偏执,动辄莫名地惊诧、暴躁、纠结、愤激。

平常心不是心如止水、心如枯槁、心如死灰。相反,平常心是鲜活之心,更是强健之心。

平常心蓄积着战胜一切的巨大能量。

守住平常心,人生会有更多的收获。

文化慈善

不可否认，生活在一个物质的世界里，没有一定的物质是不行的。因此，需要有人做慈善，帮助那些需要帮助的人们解决经济和物质上所遇到的各种难题。

但是，生活在这个急速变化、缤纷斑斓的世界上，精神贫乏也是不行的。因此，需要有人做文化工作，用文化丰富人们的精神世界。

文化给人热情，给人关爱，给人慰藉，给人温暖，给人希望，给人信心。文化提振人的精神，提高人的素质，激发人对生活的热爱和创造力，提高人们的精神生活质量幸福指数。

文化事业本质上也是慈善事业。

做文化工作，实质上就是做文化慈善。

强大内心

这是每个人必修的功课：强大内心。

这个世界风云诡谲，变化无常。每天，都可能有巨大的压力产生，都可能有突然的变故出现，都可能有意想不到的阻碍、挫折、困难、麻烦降临，都可能有不如意、不顺心的事情发生。在生活的各种压力、挫折、打击面前，一个人要想不失望，不沮丧，不悲观，不颓唐，始终挺直脊梁，坦然，镇定，积极，乐观，必须具有强大的内心。

一个人要想让自己的内心变得强大，必须有坚定的信仰和信念，有坚毅的品格和意志，有强烈的自尊和自信，有不灭的追求和希望。

强大内心，需要学习，需要思考，需要感悟，更需要修行和磨炼。

一个人只有内心强大才是真的强大。

也只有内心强大的人，才会无惧、无畏、无敌。

共沐书香

让我们不约而同地打开书本,共同沐浴和沉浸在书香之中。

书香是这个世界上最诱人的香,最奇异的香,最幽远的香,最美妙的香。

书香是知识之香,是思想之香,是精神之香,是心灵之香。

书籍,汇聚了人类几千年的文化精华和精神财富。它为我们提供了最丰富的知识和最丰厚的精神给养。

阅读能增长知识,开启心智。阅读使人明智,使人灵秀,使人周密,使人深刻,使人庄重,使人高尚。阅读有助于精神的发育和成长,有助于心灵的饱满和强大,有助于人格的健全和完善。

阅读开阔人的胸襟，丰富人的内心，涵养人的精神，锻造人的品格，提升人的境界，激发人的创造力。

阅读不仅能改变我们的内心世界，还能改变我们的外部形象。阅读，会让我们每一个人变得更加可爱，更加富有魅力。

阅读改变人生。阅读美好生活。阅读影响未来。

阅读水平体现着一个人、一个民族的文明程度和文化高度。阅读能力、阅读质量、阅读品位直接影响和决定着一个人、一个国家和一个民族的未来。

一个不读书的人、不读书的民族，是没有希望的。

阅读点亮梦想，书香成就人生。

天下第一好事，就是读书。

阅读的姿势是人类最美丽的姿势和最有希望的姿势。

让我们共沐书香，让阅读使一个民族更伟大，更有创造力，更有尊严！

大树与害虫

一棵大树,几乎不可能不遇到害虫。

害虫也是要生存的。害虫要生存,必然要噬咬大树。因此,害虫噬咬大树是合情合理,甚至是天经地义的。试想,害虫不噬咬大树,害虫如何生活?害虫或许也并不想做害虫,但上苍已经安排它做了害虫,它又有什么办法?

因此,遇到害虫,对于大树来说,也是最正常不过的事情,不必为此烦恼、郁结、愤怒。最好的做法是,面对害虫,保持平和心态,你噬咬你的,我生长我的。我的本事是,你噬咬得越厉害,我生长得越茂盛。任你怎么噬咬,我始终苍翠挺拔,葱葱郁郁。

其实,生活中真正的大树,无不如此。

成长的烦恼

每一个快速成长的人,都会遭遇成长的烦恼。

因为你的成长给周围的人带来了明显的压力和挑战,周围的人便不自觉地会群起而攻之,一起抵制你,压制你,贬损你,围攻你。可以说,这个时候,你怎么做都不行,你就是做得再好,也不可能得到所有人的理解、认同和称赞。

你必须度过这个艰难的成长期。等到你真正成长起来了,长成了一棵参天大树,周围人的态度慢慢就会改变,他们就会逐步接受你成长起来的现实,由原先的羡慕、嫉妒、恨,变为尊重、仰慕和钦敬。

一个人的成长如此。

一个国家一个民族的崛起也是如此。

被孤立的时候

被孤立的时候，其实是最可喜的时候。

被孤立，有这样两种可能，一种是你显现出一种过人的天赋和具备脱颖而出的潜质和优势，而周围的人不愿承认你的优秀和看到你将来超过他们，因此，周围的人有意要通过孤立你来挫伤和挫败你，以此来平衡和安慰自己；另一种是你呈不断上升趋势，日益变得强大，周围的人感到了巨大的压力和危机，他们要通过孤立你，遏制和抑制你继续变得强大。

一个不起眼和微不足道的人，是不值得也不会引起周围人有意去孤立的。

因此，如果你发现自己被周围的人有意孤立，请不要为之难过，相反，要为之感到高兴。

你所要做的唯一事情就是：继续努力，继续上升，继续发展和强大自己。

人生的最佳选择

人生所面临的最重大的问题就是选择。

人的一生所面临的最多的问题也是选择。

不同的选择，会决定一个人不同的生命走向，也会导致产生不同的生命结果。

有些选择有明显的对错，比如，从善和从恶，守法和违法，积极和消极，上升和堕落，如果选择错了，就会产生严重的后果。而有的选择，则无所谓对错，比如，择校、择偶、择业，每个人都有自己的标准。只要是自己喜欢和最适合自己的，就是最好的。

生活方式的选择是最重要、最关键的选择。而人生的最佳选择就是能选择一种最适合自己的生活方式，因为这和自己每一天的心情与幸福密切关联。

自恋并不是一件坏事

　　大凡成功的人多少都有一些自恋。

　　自恋，其实是自己对自己的认同，自己对自己的欣赏，自己对自己的赞美，自己对自己的肯定。

　　成功的路途是艰难的。成功者在通向成功的道路上会有许多曲折，许多坎坷，许多荆棘，会遭遇许多不解、非议、质疑。成功者必须自己给自己掌声，自己给自己鼓励，自己给自己安慰，自己给自己信心。唯其如此，成功者才有可能最终抵达成功的彼岸。

　　自恋，并不是一件坏事。对于成功者而言，自恋甚至是其最重要的成功秘诀。

关注大事

一个人的脑子里是不可能空空如也的，总会装满东西，不是装这样，就是装那样。

而一个人脑子里装什么，跟他所关注的东西有很大关系。

如果一个人对大事有热情，有兴趣，他的脑子里就会装着很多大的东西。如果一个人专注于家长里短，蝇营狗苟，蜚短流长，鸡争鹅斗，他的脑子里就必然会装满鸡毛蒜皮以及许多乱七八糟的东西。

生活中，有很多人觉悟很低，境界很低，归根结底就是关注的东西太低级，太琐碎，太无聊。

人要学会关注大的事情。关注大的事情，有助于让自己摆脱琐屑和低级，从而提升自己的生命品格和人生境界。

不要冲动

一个人在生活中最需要提防的就是冲动。

冲动近乎本能。冲动一旦产生,有时几乎很难自我抑制。

冲动是魔鬼。不能任由冲动发展。必须要把冲动控制在萌芽状态。

冲动的时候一定是脑子最为发热的时候,也是最不理智和大脑最不能自主的时候。

这个世界上最严重的错误差不多都是当事者在冲动之中犯下的。

冲动,会使原本很好的一件事情瞬间逆转,同时,会使原本就不太好不太妙的事情变得更加不好更加不妙更加糟糕。

不要数落别人

对身边的人不高兴或是不满意时，很多人惯常作出的反应就是数落。

数落人的人，自己总是觉得自己很有道理。因为觉得自己有道理，所以，数落起来就格外理直气壮，义正词严，而且，越说，会声音越高，嗓门越大，语速越快，话语越尖利，表情越气愤。越说，会越觉得别人不可理喻，不可救药。

其实，数落人并不好。因为数落者在数落别人时，不是就事论事，而是把陈芝麻烂谷子全翻出来，对别人算老账、算总账。此外，数落者一旦数落起来之后，就会一味沉浸在自己的单线思维和单一气愤的情绪中，语言变得特别刻薄和极端。数落者在数落别人时，自己一时是觉得解恨了，可给被数落者带来的却只能是极大的反感和极大的伤害。即便数落者的批评和指责完全正确，也很难让被数落者心悦诚服。

生活中，谁都会有过失和错误。有了过失和错误，当然可以批评和指出，但最好不要数落。因为，数落并不能达到最好的效果。

不要逞口舌之快

人是很容易逞口舌之快的。特别是那些自以为比别人聪明和高明的人，就更容易逞口舌之快。

对于喜欢逞口舌之快的人而言，逞口舌之快确实是一件很痛快很过瘾的事情。逞口舌之快的人，话语出口总是特别快，而且口无遮拦，想怎么说就怎么说，自己感觉怎么舒坦就怎么说，自己感觉怎么畅快就怎么说，自己感觉怎么得意就怎么说，由着性子说，由着感觉说，由着情绪说，一旦说起来，就滔滔不绝，就是别人想打断也无法打断。

逞口舌之快者，只顾了逞口舌之快。他不知道，一个人一旦逞了口舌之快，所说的话就会不当，就会离谱，就会出卖了自己，就会刺人和伤人。

逞口舌之快最容易惹祸。而逞口舌之快者，只沉浸在言语滔滔的快意和兴奋中，有时惹了祸还不自知。

俗话说：祸从口出。以我之见，祸从口出中的相当一部分人，就是那些一味逞口舌之快者。

上升和坠落

生命每时每刻都会遇到这样的问题：是上升，还是坠落？

很显然，持续的上升是费力的，也是十分困难的。尤其是在生命已经抵达了一定的高度之后，要继续不断地上升，就更为困难，甚至就连始终维持住现有的一种高度都有相当大的难度。但是，坠落则很容易。只要意念一改变，意志一松懈，劲头一松减，生命立刻就可能出现下滑的征兆和态势。如果不能及时予以调整和改变，生命就会不可遏止地下滑，甚至会因此不停坠落，直至坠落进可怕的深渊。

其实，一个生命最终到底能抵达怎样的高度并不重要，重要的是要让生命能够始终保持住一种昂扬向上的精神状态和始终努力上进的劲头和态势。说到底，人生一刻也不能松劲，特别是在年纪尚轻，本来就该积极进取、奋发有为的时候。需要记取的是，差不多所有的坠落都起于生命放松对自己的要求那一刻。而恰恰是这一点，让坠落者日后悔之莫及。

要懂得珍惜

没有什么东西是永远属于你的。也没有什么东西天生就应该属于你和只能属于你。

能够拥有我们现在所拥有的东西，是我们生命中的一种缘分和福分。对我们所拥有的东西，一定要懂得珍惜。懂得珍惜，我们所拥有的东西才不会因我们的粗心和忽视而损毁、消失，我们才不会在某一天突然发现所拥有的东西损毁和消失之后痛不欲生，追悔莫及。

保护自己

这个世界不安全。因此,每个人必须学会保护自己。

保护自己有许多要诀。

比如:

不麻痹大意,对外部世界始终保持一种应有的警觉和警惕;

不放松和放纵自己;

不接天上掉下来的馅饼;

不给别人可乘之机;

不想当然;

不轻信任何人;

不抱侥幸心理;

不自投罗网;

不自己给自己挖陷阱;

不自己把自己引向危险的境地;

不给别人制造和提供攻击自己的炮弹;

懂得并善于防范……

人生在世,安全第一。要确保人身安全,必须注意和学会保护自己。

别耍小聪明

　　这个世界上最做不得的事就是耍小聪明。

　　第一次耍小聪明通常是很容易得逞的。因为别人不会注意到一个人是在耍小聪明，即使别人对一个人耍小聪明有点感觉，但也不会认为这个人是在存心和有意耍小聪明。这就给耍小聪明的人造成了一种错觉，觉得耍小聪明很好，耍小聪明没关系，而且觉得别人都是傻子，自己耍小聪明别人根本就看不出来。于是，在自鸣得意的同时，就禁不住接二连三地耍小聪明，甚至成了习惯上了瘾，只要一遇到事情，就耍小聪明。

　　只要是小聪明，就不可能长久地蒙蔽和欺骗人，就不可能不被人识破和发现。而一旦被人看出其真是在有意耍小聪明，一个人的形象和为人在别人的心目中差不多也就彻底毁了。

　　耍小聪明的人其实最不聪明。小聪明也最耍不得。

路是每个人自己走的

路是每个人自己走的。

路曲折不要紧,泥泞不要紧,凹凸不要紧,坎坷不要紧,路上布满荆棘、卵石、障碍甚至刀剑也都不要紧。

关键在于,所走的路要是正路。

是正路,就会通向光明,通向自由,通向幸福,通向美好和理想的境界。

如果走的是歧路,即便路看起来很宽阔,很平坦,走起来也很轻松,很舒服,很惬意,但最终步入的也只能是囚笼,是悬崖,是断头台,是万劫不复的深渊。

第三辑

悲　哀

　　每个人理解爱的能力是不同的。并不是每个人都能准确地理解你所表达的爱。你对对方表达的是爱，但对方所感到的可能是痛苦和伤害。甚至可能你表达的爱越强烈，对方就越痛苦。

　　还有什么比这更悲哀的呢？

体　谅

　　生活中，最缺少的是体谅。
　　没有多少人想到要去体谅别人，更没有多少人能真正做到去体谅别人和会体谅别人。每个人都是只站在自己的角度思考问题，每个人都只是以自己的感受去评判事情，而至于他人是怎么回事，根本不在考虑之列。
　　因为缺少体谅，所以每个人都不被体谅。每个人累死累活，都是活该。
　　人与人之间的冷漠、埋怨乃至敌视，都是从人与人之间的互不体谅开始。或者说，互不体谅，是人与人之间冷漠、埋怨乃至敌视的根源。

不客气

常理上说，一个人对另一个人说话态度应该是客气的。

但是，有时，我们会听到有人对自己说：你是我老兄，我对你说话就不客气了。

这话听起来很近乎，很知己。但你只要稍一琢磨，你就会发现这话不对劲。

第一，说话人是把自己当老弟，把你当老兄。既然是老弟对老兄说话，理所当然地就该尊重和客气。

第二，一个人不管对谁说话，都应该表现出对对方的尊重和客气，老弟对老兄说话，那就更应该表现出尊重和客气。

如果一个人对你说：你是我老兄，我对你说话就不客气了。这只有一种可能，那就是，他根本没拿你当老兄，甚至，在他的眼中，你连一般人都不是。

不自知

对于一个人来说，不自知是个很大的毛病。

不自知，其实就是缺乏自知之明。

不自知的人最要命的就是不知道自己的短处和缺陷，甚至会把自己的短处和缺陷当成最大和最突出的优点展示给别人看。他自己得意得不行，兴高采烈、摇头晃脑地说着，做着，却弄得别人不忍听，不忍看。

不自知的人，如果发现自己在得意地说着什么和做着什么，别人纷纷调转脸去或者不吭声的时候，请赶紧止住。因为这个时候，你很可能是已经露出了自己致命的短处和缺陷。

如果从这个时候，你开始反省自己，检讨自己，纠正自己，你将逐渐变得自知，而不至于今后让别人对自己日益表现出反感和讨嫌。

白眼狼

生活中,有太多的白眼狼。

你待他有千般好,但只要有一件事不如他的意,他立马就会和你翻脸,把你说得一无是处,全盘否定。甚至还有的,一边享受着你的劳动成果,或是享受着你所提供的帮助和服务,一边还在挑剔你,埋怨你,指责你,数落你。如果你为自己辩解,或者表达自己的委屈和不满,他只会变本加厉,乃至对你愤怒无比,仇恨无比。

和白眼狼之间无理可讲,就是有理也讲不清。

白眼狼的身上,透出人性的缺点。

我们看有些人是白眼狼。在有些人眼里,我们可能有时也是白眼狼。

轻　薄

生命中一旦缺乏沉实、沉稳和厚重的东西，轻薄相立刻就会显露出来。

眼见得一些人表情轻薄，面孔轻薄，言谈轻薄，举止轻薄。轻薄倒也罢了，问题是他们并不知道自己轻薄，也不觉得和不认为自己轻薄，甚至以不自知的轻薄作为显摆，作为卖弄，作为本事，作为派头，作为骄傲，在轻薄中自我满足、自我炫耀、自鸣得意。

轻薄，本质上是因为无知，因为浅薄。

轻薄的人不知道，他自我感觉特别良好的时候，别人却在为他害羞和害臊。

强　硬

　　一个人对人对事要在态度上表现出强硬是很容易的。表现出强硬会显得很有力量，很霸气，也很容易让自己找到强者的感觉，得到一时的满足。

　　但是，单单表现出强硬这是谁都会做的事，不见得就是什么真的本事。这种强硬是否在理，是否让人诚服，是否有助于问题的解决，是否能够让事情有好的结果，这才是关键。

　　眼见得不少态度强硬的人，因为只是一味地强硬，最终把局面弄得不可收拾，或是给人留下不讲理和蛮横的印象，或是把自己推向没有退路的绝境，实在是愚蠢至极。

武　断

　　生活中，总会碰到一些武断的人。
　　武断的人，大多都自命不凡，自视甚高，自认为具有某种权威，或者握有一定权势。
　　武断的人常常不假思索，轻率地作判断，下结论，并且所做出的判断和结论都是定论，不容商量，不容置疑，不容辩驳，不容更改。
　　武断的人在作判断和下结论时，语气和态度总是格外坚决。一旦有人对其所做出的判断提出质疑或者反驳，武断的人就会显得特别恼火甚至愤怒，他不仅会以不屑和斥责的目光看着你，而且会以更加坚定和更为强硬的态度重复和强调自己所下的结论。
　　武断的人，谁都看得出来。
　　武断的人所做出的判断，谁都知道有问题。
　　面对武断的人和武断的人所下的武断的结论，不必与之争执。最好的办法是别当回事，一笑了之。
　　本来，对人对事武断地下结论就是一件十分可笑的事情。
　　如果一个人是出于某种目的故意武断，而且这种武断会造成是非和黑白颠倒，伤害无辜，那么，这个人就不仅可笑，而且可恶。这种武断理应受到所有人的反对和抵制。

光　环

光环是个好东西。

本也就是寻常的人，一旦头顶上罩有某种光环，一个人立刻就高大起来，高贵起来，神秘起来，光彩起来。

因此，有人刻意要为自己营造光环，有人死命要追逐光环。

一个人一旦习惯了头顶上的光环，就会一刻也离不开光环。只要光环稍稍偏离了头顶，就会浑身不适，焦灼不堪，痛苦不堪。

但光环本来就是虚设的。没有谁一生能始终置身于光环之下。光环褪去或是光环消失，所有曾经在光环下辉煌无比的人都将无可奈何地显出自己的原形。

摆　谱

有人喜欢摆谱。

未必就当了多大的官，也可能只是个芝麻绿豆官，但他自己觉得自己已经是个官，而且官已经大得不得了，就开始摆起谱来。

表情是冷冷的。眼睛是向上的。鼻孔是朝天的。看人时习惯睥睨着。下属和他打招呼，他只鼻孔里哼一声，或者连哼一声也不。

喜欢居高临下，喜欢发号施令，喜欢颐指气使。

心安理得地接受下属所提供的一切服务。稍不满意，就拍桌子，摔杯子，训斥人，发脾气。

摆谱的人，都是些最没素质、最没素养的人。

对待喜欢摆谱的人的最好办法，就是根本不搭理他，见了他也视而不见，更不主动迎合。

有谱，就让他自己跟自己摆去。

做　秀

　　每一个人的内心都存着一份表演的欲望。因此,在生活的舞台上,到处可见做秀的人。明星做秀,官员做秀,学者做秀,作家做秀,就连批评做秀的人本身往往也在做秀。

神　秘

这个世界上，其实并没有多少真正神秘的东西。

有些东西让人感到神秘，只是人们一时对其还不够了解，还没有深入其内部，洞晓它的机关，弄清它的来龙去脉，掌握它的全部信息。

对感到神秘的东西不必崇拜，也不必迷信。所有神秘的东西，背后都有答案，谜底都可以解开。而一旦找到答案，解开谜底之后，原先感到神秘的东西就会变得极为寻常。

需要注意的是，生活中有一些神秘是故意装出的和人为制造出来的神秘。谁要是为这种神秘所引诱，所迷惑，不仅会使自己吃亏上当，而且会使自己成为世人的笑柄。

焦　虑

这个世界上，很多人日日焦虑着。

官员为升迁焦虑，商人为利润焦虑，明星为出镜率焦虑，制片人为收视率焦虑，家长为孩子上学焦虑，大学生为就业困难焦虑，炒股者为股市下跌焦虑，无房者为房价不断上涨焦虑。

几乎没有一个人的心是放松的。因为心里总在焦虑着，总在担心着、紧张着、忧虑着，每个人就都很不爽，就都很憋闷，心里莫名地就窝着一口气，就容易上火、着急，稍遇到某些刺激，就容易爆发。每个人的脾气一旦上来，就容易带着一种乖戾之气。

一个人不可能没有一点焦虑的时候，但一个人无论如何不能长期处于焦虑状态。一个社会的大多数成员也不能总是处于焦虑状态。如果一个人或一个社会的大多数成员总在焦虑着，这个人和这个社会就会出大问题。

缓解焦虑，减轻焦虑，这是每个人和全社会需要共同解决的问题，尤其是要尽量消除引起焦虑的种种根源。

新　闻

　　人类有了解新闻的需求，越是在现代社会，人类了解新闻的需求就越是强烈。这便是现代社会传媒业高度发达的原因。有新闻，媒体就会争着在第一时间抢发新闻。没有新闻，媒体也会想方设法制造新闻，甚至不惜编造一些花边新闻。

人　性

时代在不断进步，但人性却并没有随着时代的进步而一起进步。和几千年前相比，今天人性中的善并没有多少增加，而人性中的恶也并没有什么减少，倒是恶的表现方式比几千年前更为多样，有时更为残忍和歹毒。

演　员

　　国人都是很好的演员。只要对着摄像机的采访镜头，被采访者立刻就会进入一种表演的感觉和状态，所说出的话都像设计好的台词，正确，标准，就连表情都完全符合播出的要求。

趋炎附势

　　真正的平头百姓很少趋炎附势。趋炎附势的大多是有了点地位和权势的人。这些人已经从趋炎附势中得到了一定的好处,他们一心希求通过趋炎附势得到更大和更多的好处。

叶公好龙

　　声称喜好龙只是为了给自己赢得一个好名声,而实质上内心里是害怕龙、讨厌龙的。
　　当今,仍不乏叶公好龙式的人物。

并不等于

职位高并不等于水平就高。

话说得漂亮并不等于事情也一定做得漂亮。

表态坚决并不等于行动也坚决。

唱的调子高并不等于内心境界也高。

外表光彩并不等于行为一定也很光彩。

仪表堂堂正正并不等于做人也一定堂堂正正。

肚子大并不等于心胸也大。

面相好并不等于心肠也好。

脑袋大并不等于就会思考。

眼睛好并不等于就不短视。

手掌大并不等于就不会拍错板。

脚板大并不等于就一定走正道。

自挖陷阱

　　这个世界上有相当数量的人不是掉在了别人挖的陷阱里，而是掉在了自己挖的陷阱里。
　　自挖陷阱的人在挖陷阱的时候，都特别认真，特别投入，特别卖力。他们不认为自己是在给自己挖陷阱。他们在挖陷阱的时候，常常耍尽小聪明，找出各种掩人耳目、冠冕堂皇的理由，表明自己是在做一桩天底下最好的事情，是在为天下人谋福祉。但事实上，明眼人一眼就能看出，他们做这些事情的真实动机和目的是为了满足自己的私欲，谋取一己之私利。而正是这样的动机和目的，使他们所做的事情成为他们日后跌落很深的陷阱，甚至成为万劫不复的深渊。

可怕的聪明

  现在的人都变得越来越聪明。他们懂得怎样保护自己,保护自己既得的一份利益。他们不得罪任何人,不和任何人作难。他们八面玲珑。
  这种聪明使得我们在生活中越来越难以看到敢做敢当的大丈夫,难以看到高尚的操守和挺拔的人格。

对根本问题的回避

当今的社会问题很多。但在很多知识分子的文章中,他们只触及一些小的问题,而尽量避开那些大的严重的根本的问题。对社会根本问题的回避,既反映了当今知识分子的懦弱,也反映了当今知识分子的聪明和无奈。因为他们知道,谈论那些根本问题,非但不能有助于这些问题的解决,还可能给自己的生存带来严重问题。

人们所记住的东西

人们所记住的东西往往只有两样,那就是最喜欢的和最讨厌的。

聪明的广告商就是抓住人们这样的记忆特点来做他们的广告:要么让观众喜欢,要么让观众讨厌。

不要耍大牌

一个人有了点成就有了点名气之后，是很容易自我膨胀的。因为所到之处迎接自己的都是掌声、鲜花和笑脸，看到的都是崇拜的目光，听到的都是赞美的声音，不知不觉地，就会觉得自己了不得起来，高人一等起来，就有了一种大牌的感觉。

因为觉得自己是个人物、是个大牌了，说话的口气便大了起来，举止和做派便趾高气昂起来，对待他人便傲慢无礼起来。看人不用正眼，别人打招呼，哼也不哼一声。遇事稍不合自己的意，就撂脸子，发脾气，骂脏话，摔东西，甚至一拍屁股，扬长而去。

其实，这个世界上并没有什么大牌。就是有大牌，这大牌也是众人捧出来的。如果众人反感了你，厌恶了你，拒绝了你，唾弃了你，你就是有天大的本事，依旧什么也不是。

事情多的人和事情少的人

　　生活和工作中，总会有人事情多些，有人事情少些。有人有事，有人无事。

　　事情多的人，因为事情太多，夜以继日也忙不过来，便只能埋下头来，一门心思一件接一件地做事，以至于连个说话和叫苦的工夫也没有。因此，事情最多的人，往往别人听不到他的一点声响。因为听不到他说什么，别人对他不了解，也不知道他每天都在做什么，别人也就以为他可能没什么事情。

　　事情少的人，因为事情不多，空暇的时间就多。空暇的时间里，事情少的人看到事情多的人一刻不停地在埋头忙着，心里未免有些不踏实。为了不让别人看出自己闲着，于是见人就说"忙死了忙死了"，其说话急，走路也急，甚至不停擦着额头上似有似无的汗，作出一副有一大堆事压在身上急等着要去做的样子，并且把手上正在做的一点小事弄得动静很大，整幢楼都震动着。因此，所有人都感到，这个世界上，就数他最忙，事情最多。

　　于是，在我们的身边，常常会出现这样的现象，事情做得最多、付出也最多的人，并没能得到应有的肯定和褒奖，倒是那些事情做得并不多，甚至很少做事的人，反而获得了各种表彰、奖励乃至擢升的机会。

战争思维

生活中，有些人莫名其妙地持有战争思维。

一说到某条线上的工作，就说某条战线，比如，经济战线，思想战线，文化战线；一说到要建设几个大项目，就说要组织好几场大战役；一说到要做好某项难度较大的工作，就说要打好这场攻坚战。

文人本是很边缘、很柔弱的一个群体。一个省出了几个会写小说的，有人就在媒体上大呼小叫，称其为"文学军团"、"文学新军"。

职场闹出一点事，就说成是职场战争；官场有点小动荡，就说成是官场战争；商家彼此降价营销，就说成是商场战争；家庭夫妻、婆媳闹了一点小矛盾，就说成是家庭战争。

在持有战争思维的人眼里，这个世界一处也不安宁，一处也不太平，到处充满火药味，到处弥漫血腥气，无一处不是针锋相对，刀光剑影，杀气腾腾。

持有战争思维的人，自己不安生，不想好好过日子，也存心不想让别人安生，不让别人好好过日子。

生活中，对持有战争思维的人，我们要深怀警惕，不要受其蛊惑，不要钻其圈套，不要入其陷阱。

当然，军人是为战争而存在的。军人不仅应该时时想着战争，时时面对战争，时时为战争做准备，而且要确保自己在战争中能够取胜。因此，军人持有战争思维另当别论。

生活不是打仗

生活是日常的状态。日常的状态应该是相对放松、轻松、松弛的，不应该是神经老那么紧绷着，一颗心始终悬着，身体和精神都高度紧张着。

生活不是打仗。不能把生活变成一场接一场的战役，不能让自己老是在不停地冲锋、冲锋。生活没那么严重，生活中也没那么多那么重要的阵地要占领和那么重要的山头要夺取。许多所谓重要的东西大都是人为制造出人为渲染出和自己臆想出来的。生活中最幸福的人肯定不是那些职位最高、权力最大、名声最响、财富最多的人。很多人整天一副慌慌张张、心浮气躁、神色匆忙、奔东奔西、急不可待的模样，到底想得到的是什么呢？

生活中也可能免不了会有打仗的时候，但不能让生活总在打仗，特别是不能让生活变成无意义无休止的打仗，更不能为打仗而打仗。生活需要平常、平实、平静、平和。就是在不得已的时候不得不打仗，打完仗，也还得让生活回归到日常的自然状态。

有人好战。有人故意要营造商战、官场战、职场战的气氛，有人动辄提出要打几场战役，或是发起什么攻坚战。他说他的，你只要不搭理，不起劲，不掺和，你就依旧可以过你安宁、安静、安谧的日子，享受你应该享受的悠闲人生。

别那么斩钉截铁

在生活中,我们常常会听到一些斩钉截铁的声音。以我的观察和体会,这些声音大多都不太靠谱。

首先,发出斩钉截铁声音的人看起来很自信,事实上,很多人发出斩钉截铁的声音恰恰不是出于自信,而是出于不自信。因为不自信,他才有意把话说得那么铿锵有力,斩钉截铁,不容置疑。他这样做,一方面是为了给自己打气,而另一方面则是以表面很坚决、很确定的样子来影响和说服别人。

其实,真正自信的人说话是很少高声大气、斩钉截铁的,因为他用不着那么夸张,那么虚张声势。俗话说,有理不在声高。对自己的主张和判断有足够自信的人,他只需用最平和的语气把观点表述出来,别人就可以接受,而不必以很高很大的声音唬人。

当然,对于那些天生大嗓门的人,则另当别论。

第四辑

路

路是和目标紧紧联系在一起的。

有目标,就会有路。只要你向着目标迈开脚步,路就会自然地在你的脚下延伸,整个世界也都会为你让路。即使眼前没有现成的路,你的脚下也一定会踏出一条新路。

而没有目标,即使有路,哪怕是再多的路,一个人也仍然会觉得无路可走。

尊　卑

人是有尊卑的。分尊卑不是否认人的平等,而是客观上人存在着并且能够分出尊卑。

尊卑之别当然不应该是在地位、财富、辈分和年龄上。如果只是以地位、财富、辈分和年龄来分尊卑,那就不仅是简单,更是对人格平等的侵犯和蔑视。人的尊卑应该是体现在道德、操守、品行和境界上。

以道德、操守、品行和境界分尊卑,也不是一定要在人群中分出谁高谁低,而是这样一把尺子能够有助于每一个人自我完善,不断提升自己精神的高度。

做 事

没有多少人真正怕做事。我们身边之所以有许多人不想做事、躲避做事、厌倦做事、应付做事或者干脆不做事，原因固然有许多，但其中一个相当重要的原因就是这些人每天所做的事情都是被动的，而这些被动接受的事情大多是低端的事、无聊的事、瞎折腾的事、无意义无价值的事、徒然消耗生命的事，有的甚至是一些极其扯淡的事、极其荒唐的事、极其可笑的事、事倍功半的事、适得其反的事、有害无益的事。

要让一个人想做事，愿意做事，乐于做事，始终保持做事的热情和乐趣，作为事情的安排者就必须要考虑避免安排那些让人反感、让人生厌的事情。而一个人自身也要尽量从被动接受事情的状态中解脱出来，主动思考去做一些更有价值更有意义的事情。

定　力

　　定力是一种最沉实、最坚定、最强大的力量。

　　定力是心灵的力量，是精神的力量，是生命的力量。

　　定力来自于内心的坚定和自信。它体现着心灵的饱满和丰盈，体现着精神的强大和强健，体现着生命的卓拔和高格。

　　一个有定力的人，一定有着坚定的目标，有着坚定的信仰，有着坚定的追求。

　　一个有定力的人，内心坚如磐石，任何诱惑都影响不了他，任何风暴都动摇不了他，任何东西都改变不了他。

　　有定力是一种能力，更是一种境界。

　　有定力，一个人才有品位，才有可能成就一番大事业。

批　评

　　允许批评的环境一定是个宽松的环境。
　　能够听进批评的人一定是个虚怀若谷的人。
　　批评的意见不一定都对，但批评一定有着批评的道理。
　　批评者并不等于反对者，反对者也并不等于反动者。
　　如果没有批评者，或是听不到一点点批评的声音，这个社会就会出问题，或者说，这个社会已经有了问题。

稳　健

稳健是一种最好的步伐和状态。

在某个阶段某个时候，人需要有，也可以和应该有疾走、奔跑与跨越，但是，在通常情况下，更需要的是稳健地前行。

稳健，可以保证自己始终脚踏实地，一步一个脚印，不打晃，不打飘，不摔跟头。稳健，可以保证自己始终走在正道上，不会走歪路和邪路，更不会走回头路。稳健，有时看似走得慢了点，但是，因为每一步都迈得坚实有力，而且避免了失误，事实上，最终，他会比一时冒进和冒险的人走得更远和更快。

稳健的背后，有一种强大的力量和自信。

一直以稳健的步伐前行的人，必然会顺利地抵达成功的目的地。

耐 心

人生有很多事情都需要有一个过程。

诞生需要一个过程。长大需要一个过程。成熟需要一个过程。恋爱，发财，升迁，都需要有一个过程。

在这些过程中，都需要经历者有足够的耐心。

有些东西不是不会到来，有些东西甚至是一定会到来，只是，它不会马上和立刻到来。它需要人们在努力中耐心地等待。

如果人们没有耐心，放弃了努力、追求和等待，该来的东西也许就会因为你的放弃而无法到来；而即使有些东西到来了，可能它也不再会属于你。

人生需要有耐心。

遗憾的是现代人越来越急躁，有很多人已失去了对生活的耐心。

说　话

　　说话本来是件很简单的事，但现在，说话却变得越来越不简单，越来越复杂。
　　说与不说，有讲究。说什么与不说什么，有讲究。怎么说和说多说少说到什么程度，更有讲究。
　　说话得看时间，看场合，看对象，看听话人的表情和反应。
　　不能轻易说，不能随便说，不能由着性子说，更不能想到哪说到哪。
　　于是，我们身处的这个世界，充斥着官话大话空话套话废话谎话胡话鬼话，唯独不容易听到真话和实话。
　　一个听不到真话和实话的世界是危险的，也是让人无法信任的。
　　要让人愿讲话、敢讲话、讲实话，就必须消除说话的风险，避免祸从口出。
　　否则，就会为这个世界埋下大祸。

立 魂

一个人，必须要有灵魂。

人无魂，则无以立。

生活中，有人魂不守舍，有人丧魂失魄，有人魂飞魄散，有人甚至一直就没有灵魂。

没有灵魂是十分糟糕的。没有灵魂就意味着没有信仰，没有坚定的价值观。没有灵魂，就意味着没有底线，没有操守。没有灵魂，就意味着没有思想，没有情感，只是一副徒有躯壳的行尸走肉。

没有灵魂的人是可怜的，也是可怕的。

是人，一定要有灵魂，一定要为自己立魂。

有了灵魂，一个人才能真正称得上是个完整意义上的人。

错　误

　　一个人一生中不犯错误几乎是不可能的。

　　但人要尽量少犯错误，少犯大的错误，特别是不要犯不可逆转的根本性的错误，更不能犯颠覆性的毁灭性的错误。

　　要避免犯错误和少犯错误，就必须时时事事深思熟虑，小心谨慎，不大意，不冲动，不妄为，不存侥幸。

　　要知道，犯错误只在一瞬，而一瞬间犯下的错误可能一生也无法挽回和弥补。

效　率

不同的做事方式，效率是不一样的。

拿踢球来作比方。有人踢球，先要做热身。上场后，接了球，又不直接往球门踢。好不容易下了决心，往球门踢，结果，球又撞在了门框上。总之，忙乎了老半天，弄得满身是汗，也累得要死，最后，一个球也没能踢进。而有人踢球，则不需要做任何准备，只要球到了自己面前，抬脚就踢，而只要出脚，一踢就中。

后者的效率肯定比前者要高得多。而后者的效率之所以高，则是因为功夫很深。而功夫深，则又来自于日常的训练和积累。说到底，效率高是能力强，本领高。

逃 逸

每一个人的内心都有一种从生活中逃逸的欲望。逃逸，或者是厌倦和憎恶了现在的这一种生活，或者是对现在生活之外的另一种生活怀有一种特别的好奇和向往。

幻　想

一个对生活始终抱有幻想的人注定不会有什么大出息。如果一个人本来是存有幻想的，可后来，他的幻想彻底破灭了，他决定抱着一种绝望的心理拼一把，这个人倒可能会有一番大的作为。

此所谓置之死地而后生。

庸　官

贪官容易遭人詈骂，而庸官则较少受人指责。其实，庸官的危害并不一定比贪官小。只是这种危害是潜在的，一般人不大看得出罢了。

强　盗

对强盗，是无法讲理的，因为强盗根本就不讲理。也正因为不讲理，他才成为强盗。

那人干吗要讲理？又和谁讲理？只和讲理的人讲理，在强盗看来，是否显得迂腐和可笑？

时　间

　　忙碌的时候，会感到时间很短，过得很快。无所事事的时候，则会感到时间很长，过得很慢，特别难捱。

　　那我们忙什么呢？就为了体验和感受时光飞逝、人生苦短？

　　那我们就整天闲着？那人生岂不又成了一种空虚、寂寞的熬煎？

优越感

　　优越感往往是一种只有在特定的小圈子里才能保持得住的感觉。
　　换了一个场合,优越感很可能迅速就会变成自卑感。

轻　蔑

　　轻蔑来自比自己高贵的人那里，我们会容忍。轻蔑来自和自己相当的人那里，我们会感到愤怒。轻蔑来自比自己卑下的人那里，我们则会感到双倍的愤怒。

聪　明

我们最愿意从别人嘴里听到说自己聪明，然而，却不知听来的这"聪明"二字是最靠不住的。

试想，如果说我们聪明的人不如我们，那么，从笨人嘴里说出的"聪明"有什么价值？如果说我们聪明的人高于我们，那么，明明有更聪明的人站在我们面前，我们又算得上什么聪明？

虚假

虚假永远也不会从这个世界上消失。

虚假的大量存在是因为现实需要,它甚至本身已经成为现实的一部分,或现实之一种。

出发点

做产品无疑是要考虑赚钱的。不赚钱，这产品便无法做下去。

有人做产品，从一开始就一门心思盘算着怎么赚钱，怎么样才能赚更多的钱。而有人做产品，也想着要赚钱，但是，他更多思考的是人们到底需要什么样的产品，做什么样的产品和把产品做到什么样的程度才能更吸引消费者，更能让消费者感到满意。

这两种人做产品的出发点不一样，其结果也往往有着很大差别。从一开始就总想着赚钱的，未必最终就都能赚到钱；而把心思放在满足消费者需求方面的，倒会赚得盆盈钵满。

人生也是如此。别做任何事情都首先从自己的利益出发。多考虑实现别人的利益，自己会更容易从中受益。

回归常识

在所有知识中,我们最需要普及和最需要记住的就是常识。

常识是最简单的知识,但也是最重要的知识。我们可以不懂得很艰深的知识,但我们却不能不懂得和缺少常识。

缺少常识,不懂得常识,我们就会犯错误,特别是会犯一些很低级很可笑的错误。

不能挑战常识,不能违反常识。常识中,含有最朴素最根本最严厉的生活的逻辑。

生活中有许多很扯淡的事情,这些事情之所以扯淡,之所以劳民伤财而一无所得,之所以会成为白费力气的瞎折腾,甚至会适得其反,就是因为不尊重常识,不符合常识,违反了常识。

如果我们做一桩事情,越做越吃力,越做越不对劲,越做越走向相反的方向,我们就需要自省自问:我们做事情的方式方法是否有违常识?

回归常识,遵循生活的逻辑,这不一定让我们变得特别聪明,却可以让我们少犯错误,少走弯路。

至刚至柔

人的性格总是有的刚,有的柔,或是有的刚的成分多一些,有的柔的成分多一些。

一个人能够做到至刚不容易,做到至柔也不容易,能够同时做到至刚至柔、刚柔并济,就更不容易。

至刚,显现出一种坚不可摧的意志和信念。至柔,呈现出一种温柔如水的情怀和情感。

至刚至柔是一种卓异的品格,也是一种至高的境界。

抵达至刚至柔需要长时间的修炼。

在至刚至柔者的身上,有着最大和最恒久的人格魅力。

不要树敌

人最好不要树敌。

道理很简单，只要你树了敌，你的心里就会很不舒服。因为，那个敌人会时时出现在你的心里，让你心里添堵，让你感到别扭，讨厌，痛苦。同时，只要你树了敌，你立刻就会失去放松感和安全感。因为老是担心你的敌人会攻击和伤害你，你的心就不得不时时提溜着，作出种种防备，由此，你的心也就不得不永远处于紧张、戒备甚至恐惧之中，无法安宁。

不要树敌。首先，自己不要在心里把他人当成或者归为自己的敌人；其次，也不要让他人在心里把自己当成或者归为他人的敌人。

互为敌人的人，彼此都是深扎在对方心头的锐利的钉子。

除非遇到的是绝对不可调和的矛盾，否则，彼此最好都不要树敌。彼此树敌，所造成的结果，只会是彼此的痛苦和毁灭。

工作与生活

工作与生活，是两个东西。

工作是工作，生活是生活。

工作是为了更好地生活，或者说，是为了生活得更好。

工作与生活有交叉和重叠的部分。从大的方面来说，工作也可以视为是生活的一部分。但不能把工作作为生活的唯一内容，更不能用工作代替生活。

只会工作和把工作当作自己生活全部内容的人，当然也应该得到理解和尊重。但问题是，一个人不可能一直在工作，尤其是不可能一直在岗位上工作。当一个人除了工作，不再有自己其他的生活和其他生活内容的时候，一旦失去了工作的岗位或是不能再正常工作，这个人就会遇到极大的麻烦。许多抑郁就是由此而产生的。

人生只有一次。除了工作，如何使自己的生活更丰富，更健康，更有趣，更精彩，这是每个人都必须要思考和解决好的问题。只有这样，我们才算过好了人生，才算对得起自己。

持之以恒

水滴石穿是因为持之以恒。聚沙成塔也是因为持之以恒。

持之以恒是取得成功的最大奥秘。

但很多人都做不到持之以恒。因为持之以恒需要一个漫长的过程,很多人缺乏这样一种持久的耐心。他们希望的是速成,他们无法等待很久以后的那个结果。他们对那样一个结果也缺乏足够的信心。

人生的敌手

　　人生是需要确立一个敌手的,有人选择他人为敌手,有人把自己当作敌手。选择他人为敌手的,大多都能取胜,甚至也很容易取胜,而把自己当作敌手的,则很难取胜。但就其胜利的意义而言,战胜自己的意义显然更为巨大。

力量的产生

爱和恨都会产生力量。恨所产生的力量可能要比爱所产生的力量更巨大，更持久。

不被重用的原因

　　生活中许多不被重用的人不是因为他们缺乏才能,而是因为他们太有才能。太有才能是他们最致命的缺点。因此,他们只好被晾在一边。
　　这话听起来似乎不怎么有道理,可生活中的事实往往就是如此。

闲着和忙着

一个人闲着未必就是坏事,一个人忙着也未必就是好事。有的人闲着可能会给别人带来许多方便,有的人忙着也可能会给别人添上许多麻烦。

理由和借口

　　理由和借口很难区分。有些时候，它们只是说法不同而已。说得好听点就是理由，说得难听点就是借口，或者，在说的一方是理由，在听的一方是借口。

贪官定律

贪官并不是在被揭露之后才成为贪官的,而是早在被揭露之前就已经是贪官。

贪官早在被揭露之前,老百姓就知道其是贪官,唯有组织部门还蒙在鼓里,或是故意装着被蒙在鼓里。

贪官的头上总是戴着许多顶红帽子。

贪官在没被揭露之前,总是比清贫的官容易得到升迁。

贪官贪婪的行为总是随着其不断升迁而越发变本加厉。

贪官往往并不是一个人,而是或大或小的一个群体。

一个贪官的后面,通常总隐藏着更大和级别更高的贪官。

恐龙和蚊子

世界可以叫恐龙绝种,却无法叫蚊子绝种。

而通常,人们总认为恐龙是强大的,蚊子是弱小的。

越是小的东西越不容易被消灭,比如人性中小的弱点和小恶。

别把自己废了

　　生活中有很多人是自己把自己给废了。
　　有的人本来很有才华，并且有思想、有业务、有专长。后来就因为从了政、当了官，到了某个位置上，或是置身在某个挺舒适的环境中，觉得不能想也不需要想，觉得不必干也不需要干，就渐渐地什么也不愿想什么也不愿干，再到后来，就变得什么也不会想什么也不会干什么也干不了，一无所长一无所能，活活成了一个废人。
　　没成废人之前，往往浑然不觉，甚至有时觉得还挺舒服。及至成了废人，才感到痛苦不堪。但此时，已是悔之莫能及。
　　每个人都要小心，别以不想事不干事为乐，万勿在不知不觉中把自己给废了。

体 制

体制这玩意儿挺有意思。

从管理的角度来说,一个国家当然要建立和形成一定的体制。制者,制度也。有了制度,才有规范,才能保证社会按规定的程序运行。

但体制是人设计的。人为设计和设定的体制未必就和社会的客观发展规律完全吻合。如果不吻合,这种体制就会给社会的发展带来阻碍和框束,甚至会成为社会发展的桎梏。

因此,实际生活中,我们一方面要遵从和顺从体制的安排,但另一方面,我们又必须按照生活和社会发展的内在逻辑,不断突破体制的限制和约束。

总体说来,现行的体制总是落后于社会发展的内在要求。因此,我们更多的需要对现行体制不断突破和创新。

强　者

这个世界上，没有谁是绝对的强者。

所谓强者，只是一个人外表上给人感觉强大、强势、坚强而已。这种外表上的强大、强势、坚强，并非先天使然，有的可能是被地位、环境、经历造就的，有的可能是被逼出来的，有的则可能是装出来的。

再强的人，内心都会有绵柔、软弱之处，都会有最孤单、最寂寞、最无力、最软弱、最无助的时候。甚至外表越强大，可能内心越脆弱，越孤苦，越无所依傍。

面对所谓的强者，我的内心常常会生出更多的理解、悲悯和同情。

悟　性

人与人之间千差万别，最大的差别在悟性。

有人悟性很高。许多事，许多理，不说自明，或者一听就明，甚至只要别人说上半句，使一个眼神，立刻就明白。而有的人则悟性很差，简单的事情，简单的道理，说上半天，就是搞不明白。

人活在世上，要活得好，就必须世事洞明，人情练达。而要真的世事洞明，人情练达，也只有悟性高的人才能做到。

在这个世界上，遇到麻烦最多的人都是悟性低的人。对大家普遍遵守的规则，他们都弄不明白，哪里还懂什么潜规则？对于悟性低的人，我们一是要报以尊重和同情，二是要帮助其开启智慧，提高悟性，三是要完善法治。总之，一个公平、公正的社会，不能让悟性低的人老是吃亏。

突　然

　　许多事情都是在突然之间发生的。

　　突然，一条线路就短路了。

　　突然，一台电脑就死机了。

　　突然，一个店铺就关门了。

　　突然，一座大楼就起火了。

　　突然，一根水管就爆裂了。

　　突然，一根输油管道就爆炸了。

　　突然，一个人就从楼顶摔下来了。

　　突然，一辆车就把一个人撞飞了。

　　突然，一个人就在生意场上栽了。

　　突然，一个人就被双规了……

　　许多事情乍一看都很突然，其实，事前都有征兆，都有来由，都有原因。

　　所有的突然，细究起来，都含有某种必然。

　　面对许许多多的突然，每个人都不能不谨慎，不能不当心。

边　缘

许多人不喜欢边缘，惧怕边缘。

在一般人的心目中，边缘很不好。处于边缘或者被边缘化意味着不被重用不被重视，意味着个人舞台空间和生存空间狭小、窄逼，久而久之，生命力就会萎缩，甚至湮灭。

而有的人则不这么看。

在这部分人眼里，所谓的边缘恰恰可能是最广阔和最好的地带。因为是边缘，这里和外部世界恰恰有了更大、更多和更长的结合点，因此事实上所拥有的舞台和空间更大。因为是边缘，被人忽略和遗忘，故而这里几乎没有任何框限和束缚，你尽可以施展自己全部的才能，可以尽情地发挥和创造。

这个世界上很多伟大的人物都是在边缘中成就自己伟大的事业的。

他们甘居和甘处边缘。因为甘居和甘处边缘，最终，他们成功地把自己变成了世人瞩目的中心。

形 式

没有谁完全反对形式。

有些事情需要有形式。有些事情也只有按照一定的形式去做，才能达到一定的效果。

在一些事情上，注重形式、讲究形式并没有错。

但是，如果忽视了目的，忽视了结果，或者根本就不问最终的效果如何，只是一味地强调形式，追求形式，完全为形式而形式，沦为形式主义，这就很糟糕。

还有一些事情本来就不需要有形式，却人为地制造出许多形式，而这些形式只是为了讨少数人的好，准确地说，只是为了讨上司和当官者的好，这就更糟糕。

反对形式主义，既要反对只追求形式和单纯地走形式，也要反对不必要的和为少数人服务的形式。

同时需要警惕和提防的是，不要把反对形式主义又变成一种新的形式。

感 恩

感恩是一种能力。

有人不知道感恩。

有人不懂得感恩。

有人不会感恩。

不知道、不懂得、不会感恩，皆是因为自己都太拿自己当回事了，都已经太习惯于世界和他人为自己创造与提供的一切。内心里觉得什么都是应该的，什么都是理所应当的。只觉得自己许多该得到的还没有得到，只觉得自己许多愿望还没有满足和实现，只觉得整个世界和他人都亏欠着自己，慢待着自己，对不起自己。满腹的不满，满腹的牢骚，满腹的不快，差不多谁都是仇人，逮着谁就想骂谁。这样的人，怎么可能会认为这个世界和他人有恩于他，又怎么可能去对这个世界和他人感恩？

太多的人一边享受着他人辛辛苦苦为自己创造和提供的一切，一边却在抱怨、埋怨和指责着他人这也不好那也不是。就像一个孩子一边在大学里玩游戏穿名牌挥霍着父母好不容易才挣来的血汗钱，一边却在嫌父母捡破烂做零工有失体面。

每个生命其实都极其微小。每个生命能够健康、正常地活在这个世界上其实都很不容易，都一定是得到了这个世界和他人的帮助与关照。知道感恩，懂得感恩，学会感恩，会让我们正确地认识自己，认识世界，会让我们珍惜生活中的点点滴滴，会让我们的心智趋于健全和理性。

阅　读

　　无知和浅薄的人有一个共同的特点，就是不读书，或是不怎么读书，或是只浏览和扫描式地读书。

　　不读书是无知者和浅薄者的表象，也是无知者和浅薄者之所以无知、浅薄的根由。

　　这个世界上最有价值的知识和思想都在书本里。人的思维能力、想象能力和创造能力也只有通过专心致志的深度阅读才可能被最大限度地激活。一个精神人格健全的人，一个大脑和心智特别发达的人，一个富有活力和创造力的人，一个真正在事业上获得成功的人，一定都喜爱阅读，一定都从阅读中获得了最大的启发和教益。

但是现在，专心阅读的人却少之又少。在地铁上和公共场所，很少看到有人捧着书本阅读，倒是可以看到许多人一个个低着头专注地玩弄手机浏览八卦打着游戏看着视频。年轻人是最该读书的，年轻人最需要从阅读中获得成长的营养和动力，但恰恰是这一代伴随着计算机技术的发展而成长起来的年轻人有许多已习惯于龟缩在电脑的显示屏前在网上漫无目的地游荡，离真正的阅读已经越来越远。

　　一个不阅读的人是不可能有大的前途的，一个不阅读的民族也不可能有好的未来。一个人要避免浅薄，要为自己的未来拓展出更大的发展空间，最有效的方法就是阅读，而且是深度阅读。阅读能深刻地改变一个人和一个民族的命运，一个聪明的人应该能够明白和悟到这一点。

　　每一个人都应该学会阅读，热爱阅读。

　　阅读，从儿时开始，从现在开始。

应 该

生活中，我们常常会用这样一种思维方式去思考问题，那就是"应该"。

我们总是习惯性地会想，一件事情应该怎样怎样，一个人应该怎样怎样。当许多事情的结果和许多人的行为与我们觉得应该的不一样时，我们便不解、失望甚至愤怒。

其实，这个世界上并没有那么多的"应该"。所有的"应该"只是我们一厢情愿的某种期望。你期望应该如此，但现实并不一定就按着你所期望的应该的样子来。

这个世界有规则，但这个世界上有太多的人偏偏就不守规则或是只遵从潜规则。做人需要有底线，但有人偏偏就没有底线。如果我们老是用"应该"去推测和要求别人，无异于跟自己过不去。

放弃应该思维，至少不要老是认为事情或人就应该怎样怎样。应该是一回事，但现实又是一回事。这样，就是这个世界或是有的人反常得一塌糊涂，自己也不会陷入无法摆脱的痛苦、烦恼和纠结。

害 虫

显然,害虫不是个好东西。否则,人们不可能将其称之为"害虫"。

没有多少人会喜欢害虫。

但害虫也是生物之一种,也是大自然的生物链中的一部分。你可以不喜欢害虫,你可能会出于维护自己的利益需要或是避免自己受伤害想方设法要消灭某些害虫。但事实上,害虫是不可能完全消灭的,甚至也不能完全消灭。如果这个世界上所有的害虫都消灭了,怕是我们的生态也会出大问题。

我不是站在害虫的立场上为害虫说话。只是说,面对害虫,我们也不必那么丝毫不能容忍。在我们没有意识到或是尚未感知到的地方,害虫也可能在一些方面悄悄地帮助了我们。

不经意

不经意间,一阵风就吹过去了。
不经意间,一片云就飘过去了。
不经意间,一只鸟就飞过去了。
不经意间,枝头的树叶就黄了。
不经意间,开着的花朵就谢了。
不经意间,两鬓的白发就冒出来了。
不经意间,眼角的皱纹就生出来了。
不经意间,天就黑下来了。
不经意间,一年就又过去了。
不经意间,眼中的孩子就长大成人了。
不经意间,一些曾经的朋友就远离自己而去了。
不经意间,许多美好的感觉、美好的场景、美好的瞬间就都消逝了。
不经意间,流逝的东西太多、太多。
生活,不能不经意。
生活,需要留心和留意。
多些留心和留意,未必就能把时光和美好在现实中留住,但是却能把时光和美好留在记忆中,让其丰富我们内心的珍藏,丰富我们的精神和生命。

跟不上趟的人

生活中,总会有一些跟不上趟的人。

跟不上趟的人,其实有两种。一种人是也费力地想跟上趟但始终无法跟上;另一种人则是根本就不愿跟趟,而是自觉地落在后面,和所谓的潮流、时尚、时代保持着一定的距离。

后一种人,很容易被视为老派人物和时代的落伍者,也很容易招来讥讽和嘲笑。

其实,讥讽和嘲笑后一种跟不上趟的人的人,最该讥讽和嘲笑的是自己。

后一种貌似跟不上趟实际上是不愿跟趟的人,他们身上,有着一般人所不具备的绝不随波逐流的坚定品格和一般人所无法企及的拒绝浮躁与虚荣的高远境界。

两种思路

做事和写文章有两种思路，一种是叠床架屋，一种是删繁就简。

有相当多的人喜欢叠床架屋。这部分人的想法是，越是能叠床架屋，就越显出自身的水平和能力高超，越显出一件事和一篇文章的重要。

而另一部分人则喜欢删繁就简。

喜欢删繁就简的人没有什么其他想法，他们只是觉得理当如此，理应如此，理该如此，没有必要把简单的事情繁琐化、复杂化，没有必要把浅显的道理艰涩化、云雾化。

很显然，相对于叠床架屋，删繁就简需要一种更高的水平，是一种更大的能力和一种良好的品格。

删繁就简的人最有智慧，最能抓住事物的本质、内核和关键，也最讲求实效。持有这种思路和思维方式的人，不会犯形式主义。

一夜风雨

昨日还是炎热难耐，可是，一夜风雨，今天早晨的气温陡然就降了一二十度，迎面吹来的风竟已明显带有几分寒意。

昨日还在枝头盛开和艳丽着的花儿已经凋零在风雨中。地上，落满了黄叶。

季节似乎转眼就由夏而入冬了。

季节，经不起一夜风雨。

人生，有时也经不起一夜风雨。

风雨总是突然而至，很多时候让人猝不及防。

当然，面对可能突然而至的风雨也不必那么忧虑和紧张。风雨到来之前，只需做好足够的心理准备，并提前备好抵御风寒的衣裳。

国家形象

每个国家都有着自己的国家形象。

国家形象是这个国家之外的人对这个国家的认识和感知，以及在此基础上对这个国家所形成的印象。

国家形象跟这个国家的地形地貌、山川风物、自然风光有关，跟这个国家的政治制度、民主程度、经济社会发展水平、文化特点、生态环境、人民生活有关，更和这个国家的人、人的素质有关。

GDP总量体现着国家形象。城市化发展水平体现着国家形象。航天科技和各种高新尖技术体现着国家形象。尖端武器和航空母舰体现着国家形象。文化产品和各种制造体现着国家形象。国家元首和第一夫人体现着国家形象。每一个普通公民也都体现着国家形象。

国家形象最重要的是文明。缺乏了文明，不能体现出高度的文明，一个国家再富裕也只会令人鄙夷，再强大也只会令人反感，嘴上说得再好听也只能令人怀疑和抵触。

我们每一个人客观上都参与着国家形象的建设。每一个在国内和走出国门的人，特别是走出国门的人，都在一定程度上体现和代表着国家形象。如果我们真的爱国，如果我们真的懂得自尊、自重、自强，如果我们真的想让中华民族以文明的姿态屹立于世界民族之林，如果我们真的不愿羞辱自己，不愿损害国家形象，不愿给国家的脸上抹黑，我们就应该不断提高自身的素质和修养，我们就应该在任何时候都充分注意和检点自己的一言一行，处处体现文明。

我们都是中国人。我们都有树立良好的国家形象的责任，特别是在国家正在崛起的时候。

遭人妒忌

大凡有才能的人都免不了会遭人妒忌。

遭人妒忌没什么可懊恼的。不被人妒是庸才。遭人妒忌其实是一种骄傲。

遭人妒忌当然也要反省和检查自己,看自己是否锋芒毕露,过于争强好胜,有意无意中妨碍和阻挡了别人。

如果问题不在自己,只是有人心胸狭隘,出于一己之私就是要妒忌你,故意背后使坏,给你使绊子,设陷阱,污蔑你,诽谤你,中伤你,你也不要恼怒。你应该把这作为自己继续上进和前行的动力。

有一个道理显而易见。妒忌你的人通常都是那些和你站在同一个平台上,且自认为和你的水平差不多,视你为竞争对手的人。如果你不断成长、使劲成长,最终比他高出一大截,让他感到遥不可及,那时,他对你就不再是妒忌,而只能是仰望和服膺。

国庆节的内涵是国庆

　　国庆节是放假，是放松，是出门、出游，是购物、消费，是聚会、聚餐，是纵情的享受和娱乐，是彻日彻夜的狂欢。但国庆节的内涵是国庆。

　　因为是国庆，所以才放假。

　　放假的目的是庆祝国庆。

　　庆祝国庆和欢度国庆的方式有许多种，上面所说的这些方式当然也都是。上面这些方式也都表现出人们对国家的认同，对国家的热爱，对国家未来发展的希望、信心和热情，以及现在人们生活的幸福。

　　我所想要说的是，在过国庆节的时候，我们每个人不能光想着放假、放松、出门、出游、购物、消费、聚会、聚餐、享受、娱乐、狂欢，心里还应该再拿出一些时间想一想这个国家。

　　我们都生活在这个国家。这个国家是我们自己的。这个国家的一切都和我们有着直接的关联，对我们产生着直接的影响。想一想这些，我们对这个国家就会更有感情，更有责任，我们就会在享受假期、欢度国庆的同时，内心生出一种更强烈的愿望，齐心协力，共同把这个国家建设得更好。

　　生在这个国家，我们就应该爱这个国家。爱这个国家，我们就应该真心地希望这个国家好，让这个国家更民主、更文明、更富裕、更强大。

沟通并不是一件容易的事

沟通并不是一件容易的事。

沟通有许多前提条件。

一是沟通的双方都要有沟通的诚意。

二是沟通的双方都能站在同一个思维高度和认识高度。

三是沟通的双方能够找到共同的语言。

四是沟通的双方都能设身处地站在对方的角度思考问题。

五是沟通的结果能够使双方共同受益。

事情的大与小

这个世界上的事情肯定是分大与小的。但具体到每个人，对大事与小事的判断并不一定完全一致，有时甚至会是很不一致。比如说，一个写作者，伏案写作正写到关键处，此时，他肯定是认为把文章的关键处先写出来是件大事。而这时，他的夫人已经把精心烹制好的热菜热汤放到了桌子上，如果不及时吃，菜和汤就凉了，味道也不对了，在他的夫人心中，此时，肯定是坐到餐桌前用餐是第一件大事。如果从各自的角度看，两人对大事的认识都没有错。但是，两人各自心中所认定的大事却根本就不是一回事。

生活中，我们常听到有人劝另外一个人，别抱着那一件事去做了，要选择大的事情去做。却不知，在另外一个人的心中，他每天不知疲倦地去做的事情正是他所认为的大的事情。我们也常看到身边有些人整天纠缠和忙碌于琐屑小事，如果进入到他的生活内部，你会发现，他的生活中压根儿就没有其他更大的事情，这些琐屑小事已经就是他最大的事情。

批评生活的人

批评生活的人，并不一定是生活得不好的人。有的人自身生活得非常好，但他对生活照样发出严厉的批评。这样的人不是苛刻，不是不领生活的情，更不是身在福中不知福，而是出于良知以及对大众福祉的重视。如果一个人因为自己日子过得好，就不再批评生活，那只能说明他不关注和关心大众，只关心他自己。如果只有生活得不好的人才批评生活，那这样的批评也就失去了应有的公正和意义。

作家的类型

作家大抵可以分为这么两类,一类是靠生活写作的作家,一类是靠思想写作的作家。靠生活写作的作家是从生活走向文学,靠思想写作的作家是从思想走向文学。

这两类作家很难说谁优谁劣,或者说这两类作家中都有优有劣。但是,一般说来,靠生活写作的作家,其写作生命都比较短暂,创作的高潮期也都较短;而靠思想写作的作家一旦写开了头,则可以一直不停地写下去。只要他的思想不终止,他的写作便可以一直延续下去。

想馅饼和做馅饼

馅饼是个好东西。谁都需要，并且谁都希望能够得到和拥有馅饼。

有的人整天想馅饼，日也想，夜也想，想着馅饼能够突然从天上掉下来。有时想得特别高兴，特别兴奋，好像那馅饼已经从天上掉了下来。但是，想象终归只是想象，最终，想白了头，还是两手空空，别说馅饼，就连饼屑也没能得到。

有的人知道馅饼单靠想，根本想不来，就干脆自己动手做馅饼。自己做的馅饼，开始时可能品相和味道都不太好，有时可能还半生不熟，但毕竟让自己有了实实在在的馅饼。因为持之以恒做，用心用力做，这馅饼便越做越精致，越做越漂亮，做越做可口。开始时只是可怜巴巴地做一块小馅饼，后来则做成了一块块大馅饼。开始时只是做一种馅饼，后来则把馅饼做成了一个系列，乃至做成了大品牌。

说到底，人生的馅饼不是想出来的，而是靠自己切实的努力一点点做出来的。

名与实

　　一个人的名与实大抵会有三种状况，一种是名大于实，一种是名和实相当，一种是实大于名。

　　现实生活中，大多数人是名实相当。但也有相当一部分人是名大于实。这些人，名头很响，位置很高，但实际上，知识、见解、学问都很有限。还有一部分人是实大于名。这些人只知道埋头做事、做学问，不屑投机钻营，也不去营销自己。他们满腹知识和才华，品德高尚，但社会上的知名度却不高。

　　在一个崇尚出名需趁早，每个人都争着抢着要出名和出大名的时代，出现许多名大于实的人很正常。名大于实的人也确确实实沾了很多便宜。但依我之见，如果在名大于实和实大于名之间作选择，我还是宁可选择实大于名。因为，我看过太多人们对于那些名大于实的人的失望和鄙夷，而对那些实大于名的人，人们一旦了解了，倒会从内心产生一种极大的钦佩和一份特别的尊敬。

都是常人

在生活中,我们有时免不了会以一种仰望的目光看着别人。

以仰望的目光看着别人,往往是因为被看的人处在高处。一个人一旦处在高处,就容易显得特别,显得神秘,显得非同一般,甚至高深莫测。

其实,一旦我们所仰望的人从高处走下来,我们立刻就会发现,他和普通人别无二致。他也是一个常人,有些方面,甚至可能还不如一个常人。

价值尺度

看待事物，每个人都有自己的价值标准和价值尺度。

而每个人所持有的价值标准和价值尺度又和一个人的认知水平、审美能力和价值观有关。

面对同样的事物，价值标准和价值尺度不同，其评价结果也会不同，甚至可能截然相反。

打个比方。你是个收藏家。你辛辛苦苦到处奔走，左寻右觅，千淘万漉，自以为淘了许多宝物，喜不自禁地拿出来示人，本以为会引起一片惊讶和赞叹，这时，也许会有一个人凑近来，漫不经心地扫上一眼，然后，冷不丁地抛下一句：都是什么烂玩意儿？

这时，你千万不要生气。

珍惜天分

天分就是天赋，是上苍赋予的东西。

每个人都有一定的天分，每个人的天分也不尽相同。有人天生有着一副好嗓子，有人有着罕见的天生听辨乐声的耳朵，有人有着惊人的记忆力，有人有着超常的数据运算能力，有人有着极强的想象力，有人有着极强的动手能力，有人有着超强的文字表达能力和口语表达能力。

拥有天分，特别是拥有较高的天分，是上苍对自己的厚爱。如果我们有幸拥有了较高的天分，我们一定要好好珍惜这种天分，充分发挥这种天分，让这种天分为自己造福，为他人造福，为社会造福。

如果浪费了这种天分，糟践了这种天分，用错了这种天分，那不仅是一种可惜，更是一种羞耻，乃至是一种犯罪。

领悟上苍的意图

上苍把每一个人派到世界上来，无疑都是有着他的意图的。对于每一个人，关键是要领悟上苍的意图，知道自己这一生能干什么，应该干什么，干什么才能让自己踏实、愉悦，获得尊严、成就感和幸福感，最大限度地发挥自己的才华，实现自己人生的价值。

这个世界上有很多人活得迷茫、惶惑、痛苦，整天像一只没头苍蝇似的乱撞乱转，一辈子都不知道自己是谁，一辈子都没能找到自己合适的位置，一辈子都不知道自己能干什么、该干什么，其问题就是出在没能正确地领悟上苍的意图。

上苍说，每个人都有自己存在的方式，每个人都有自己存在的位置与价值，每个人都有获得尊严、快乐、幸福的路径。那么，就让我们每个人好好领悟上苍的意图。

开启灵性

每个人都有灵性。但灵性需要开启。

开启灵性的方式和途径很多。

接受老师、父母、长辈的教育会有助于开启灵性,与人接触、交往、交谈会有助于开启灵性,亲近自然、山水、花草、动物会有助于开启灵性,听故事、听讲座、欣赏文化艺术会有助于开启灵性。

在众多的开启灵性的方法和途径中,我以为,最好的方法莫过于阅读。

阅读时,每一个汉字都可能是开启你灵性之门的按钮。你阅读的书越多,越广博,你的灵性之门被开启的机会就越多。

我们说阅读改变人生,实质上就是阅读开启了一个人的灵性之门。当一个人的灵性被激发了,被激活了,他自然就会产生思想和行动的飞跃。

如果一个人读了许多书,灵性还没有被开启,不是说阅读不能开启一个人的灵性,而是可能他读的书还不够多,或是他选择读的书和他读书的方法不对头。

梦想让人走得更远

诱导人向前走的东西很多,其中有许多是眼前的现实的利益。但是,真正能够让人始终向前走,并且走得很远很远的,只有梦想。

只有梦想能给人带来持久的热情、快乐和动力。真正成功和伟大的人都是逐梦者。他们心怀美好的梦想,一生执著追求,矢志不移。

逐梦者总是以追求和实现梦想为最大的快乐。因为有梦想在前方作强大的牵引,故而,很少有什么现实的利益能改变他们的方向,羁绊他们的脚步。

因此,有梦想的人在人生的路上总是走得最正,也走得最远。

第五辑

说大家

大家是人中之杰。

大家是值得尊崇的。大家的身上往往不仅凝聚着丰富的学养和丰厚的文化底蕴，更透出一种特殊的气质和一种高尚的人格风范。当你面对一位大家时，你禁不住就会肃然起敬。

我见到过这样一位大家。这位大家衣着简朴，神态安详，目光慈和，看上去仿佛一位寻常老人。但他的身上却发散出一种特殊的精神气息和一种特殊的精神力量，让我一见面便深为折服。

大家一般都有着过人的智慧，过人的才华，过人的学识，且又谦和而自信，真诚而不伪饰，极具学者本色。陈寅恪是当年知识界公认的一位大家。他国学基础深厚，国史精熟，又精通西方文化，治学面极广，在宗教、历史、语言、人类学、校勘学等方面均有独到的研究和著述。他曾言："前人讲过的，我不讲；近人讲过的，我不讲；外国人讲过的，我不讲；我自己过去讲过的，也不讲。现在只讲未曾有人讲过的。"因此，他在清华、北大授课时，学生云集，就连许多名教授如朱自清、冯友兰、吴宓、北大的德国汉学家钢和泰等都风雨无阻地听他的课。

大家一般都淡泊名利。启功是当代的一位书法大家,当过中国书法家协会的主席。他的字是非常值钱的。可这么大的一位书法家,他给北师大"写"了一栋楼,但他自己的生活却非常俭朴。他在世时,家中除了堆得满满的书籍,别无它物。

大家都很谦逊。大家一般都不摆大家的架子,都不拿自己当大家。季羡林先生长年任教北京大学,在语言学、文化学、历史学、佛教学、印度学和比较文学等方面都有很深的造诣,研究翻译了梵文著作和德、英等国的多部经典,其著作已汇编成24卷的《季羡林文集》,即使身居病房,每天还坚持读书写作。别人赠他"国学大师"、"学界泰斗"、"国宝"这三顶桂冠,可他却公开声明要辞去这三顶桂冠。他表示:"三顶桂冠一摘,还了我一个自由自在身。身上的泡沫洗掉了,露出了真面目,皆大欢喜。"

大家都善良,宽容,睿智,通透,都有大襟怀,大爱心。大家有时可爱得就像个孩子。

喻湘涟、王南仙是国家级非物质文化遗产惠山泥人的传承人,也是国家级工艺美术大师。2006年元宵节,文化部等9部委在国家博物馆举办全国非物质文化遗产保护成果展,我们特地请出访台湾的两位大师提前回来,到江苏展区前作手捏泥人现场演示。为了保证两位大师正常参加演示活动,我们又特地派了一位工作人员负责照顾她们的日常生活。因为展览期间观看展览的人很多，工作人员既要接待参观者，又要照顾两位大师，不慎把手机弄丢了。两位大师知道后，连忙像哄孩子似的安慰他："不要愁，不要愁。手机丢了就丢了。等看展览的人散了，我们两个专门给你捏个泥人，你拿它可以换好几部手机。"

大家都理解人，尊重人，奖掖人。我认识一位诗坛大家，他年长我20多岁，差不多就是我的上辈人，但是，从第一次见面，他就称我"戴珩兄"。每次赠书给我，他总是恭恭敬敬地在扉页上题上"戴珩吟兄雅正"。

大家品格卓越。大家睿智、豁达。大家都有着富有魅力的深邃而清澈的一种精神世界。

我从心里佩服大家，敬重大家，仰慕大家。大家给我们树立了做人和做学问的榜样。大家引领着我们向上。

我们不一定都能成为大家，但是，我们应该向大家学习，至少在某些方面能具备大家所具备的一些品格。我们即便成不了大家，也要学一点大家胸襟大家风范，千万别小心眼小肚鸡肠，弄得一身小家子气。

说感觉

在这篇文章里,我想说一说感觉。尽管感觉这玩意儿不太好说,甚至也很难说清楚、说透彻,但我还是忍不住要说一说。

人的感觉是不一样的。我这样说并不是凭空断言。最近天气不好大家是知道的。阳春三月,本该是满目明媚,可老天爷偏偏连续半个多月阴雨绵绵。很多人感觉不好,我的感觉也不好。我看着那总也不停的雨恨恨地骂:下、下,下个啥?你觉得有意思么?恰巧有一女孩也站在走廊上看雨,她想也不想就把话接了过去。她说:当然有意思。这小雨多美,让人连心里都湿润了。原来,这女孩来自黄土高坡,过去,她常年看不到下雨。现在雨下个不停,她觉得很过瘾,心里正舒服着呢。

这给了我一个启示。天下的事情本没有绝对的好和坏,所谓的好和坏完全看这件事是针对何人而言。同样一件事情,一个人感觉很好,而另一个人感觉却可能很糟。穿龙袍对有些人来说可能是梦寐以求的事,但未必天下所有的人就都追求、都渴望穿龙袍。顿顿山珍海味,觥筹交错,有人可能觉得是享受,有人则可能感到是折磨。

同一样东西,不同的人看待它感觉会有所不同。而同一样东西,同一个人在不同的时候看待它感觉也会有所不同。这让我又想起一件事。我过去住的是平房,那平房在一个大杂院里。大杂院里人多,整天你来我往、进进出出的,叫人不得安宁。那时,我的感觉很不好。我烦住平房,烦自己住在这大杂院内。后来,我如愿以偿,住进了高楼。开始,我的感觉挺好,觉得眼前敞亮了,耳根清净了,不受打扰了,可时间不长,我的感觉却又变得糟糕起来。我觉得楼上太静了,静得叫人孤独,叫人恐慌,叫人怀疑自己已被这个世界、这个星球所遗忘和抛弃。这时,我又强烈地怀想那个杂物满地、污水横流的大杂院,怀想那个人声喧闹、充满人间烟火味的大杂院。当我重新走进那座平房时,我的心里竟有一种说不出的安妥和亲切。

人活着需要找到一种好的感觉。只有找到了好的感觉,人才不会活得痛苦和别扭,人才能接近安详、快乐和幸福。但找到一种好的感觉并不是一件容易的事。有人可能很快就找到了,有人可能终其一生也没能找到。没能找到好的感觉,固然和其所处的位置以及客观环境有关,但归根到底,还是和人的欲求有关。一个孩子拥有一张拾元纸币,他就很高兴、很满足了,因为那张纸币可以为他换来他所喜爱的玩具。可一个人已敛集了千万资财却可能仍活得不开心,因为他的目标是要拥有更多的财产。

由此可见,钱财多少和人的感觉好坏并没有多少必然的关系。钱财并不就能给人带来好的感觉。而好的感觉则往往比钱财更难得。但是,究竟如何才能让自己找到好的感觉,并让自己始终保持一种良好的感觉,这恐怕又因人而异了。但是,有一点必须说明,你不能为了给自己找好感觉而去给别人制造坏感觉,你也不能为了迎合他人的心意而欺骗和幻造自己的感觉。

说心态

朱老师是我学汉语言文学时的古文老师。教我们课之前,他刚刚遭过一场大难,心肌梗塞,在医院的抢救室里整整昏迷了12天。但是,当他第一次出现在讲台上时,我们看到的却是一个脸色红润、面容慈祥、乐观风趣的小老头,一点看不出大难不死、大病初愈的样子。转眼间,30年过去了,朱老师已是80多岁的老人,但他依旧是一副乐呵呵的模样,且身体健康,思路清晰。最近,他还自费出版了诗文集《闲情录选》。我和几位同学在电话中说起朱老师,大家都一致评价朱老师心态好。

我所熟悉的苏位东先生也是一个心态很好的人。苏先生原任江苏省艺术研究所副所长兼《艺术百家》杂志主编。几年前,他在突然之间被宣布退休。接到退休通知后,他心态平和,毫不恋栈。他本来就已经过了退休年龄，只是因为工作需要才延期"服役"的。苏先生原是剧作家、戏剧评论家，著有《小喜剧六种》、《苏位东剧作选》及戏剧评论、散文、诗歌百万余字。因为苏先生自幼曾习书学画，在无锡师范读书时又曾得国画大师钱松岩亲授，退休后，他便把更多的时间用来醉心于丹青。几年间，他的书艺画艺渐至精妙境界。这几年，他不但应邀为中央主要领导人书写了数幅扇面，出版了《苏位东书法小辑》，还在江苏省美术馆举办了"苏位东诗书画作品展"。他的作品中所体现的情趣与才情甚得著名学者董健的称赞，另一著名学者周积寅也称道苏位东"精通戏剧、诗文、书法，可称三绝"。没退休之前，苏先生的脸上还有疲倦和劳苦之色，现在，他精神饱满，心情舒畅，笑声朗朗。泼墨挥毫有了成就不说，还达到了健身健心之功效。

在我看来，李岚清也是一个心态非常好的人。他从中共中央政治局常委、国务院副总理的高位上退下来以后，以"不在其位，不谋其政，不涉政务"自律，健身、健脑、读书、写书，以一个普通人的方式过着丰富多彩的退休生活。他先后出版了《李岚清教育访谈论》、《李岚清音乐笔谈》，前些时候又出版了《原来篆刻这么有趣》一书。他还到全国50多所大学做"音乐·艺术·人生"讲座，把自己对音乐、对艺术、对人生的独特体验，与广大青年学子分享，并举办"李岚清篆刻艺术展"，激发青年人对传统艺术的热爱。他还将《李岚清教育访谈论》和《李岚清音乐笔谈》两本书的稿费全部捐献给了中国的教育事业。

在当代知识分子中，我觉得要数李爱珍的心态最好。李爱珍因"在其学术领域里终生做出卓越的、持续性的贡献"而当选美国国家科学院外籍院士，而在国内，她曾先后3次参加科学院院士增选和1次参加工程院院士增选，均落选。但不管是当选还是落选，李爱珍心态一直很平和。她说："如果没有国家给我那么多平台、项目研究经费、科研环境等支持，就不会有我李爱珍的今天。"她表明自己对美国国家科学院或中国科学院院士的福利和权利毫无兴趣。她所关注的只是她的科研能否取得进展。

人活着，心态很重要。心态关乎健康，关乎快乐，关乎成败。可以说，心态好，一切都好。但这年头，人的心态很容易失衡，很容易不好。比如，周围人都升迁了，怎么就没我的份？很多人都发财了，怎么就我的腰包还没鼓起来？我在位置上正干得好好的，凭什么一下子要让我离开？凡此种种，都极容易让人想不开，让人心态不好。生活中，因为心态不好而牢骚满腹、怨气冲天的，大有人在。由此而做出失当举动，甚至郁闷生疾的，也不在少数。

一个人在生活中应该注意保持良好的心态。但要始终保持良好的心态，也并不是说做到就能做到的，这需要修炼，需要有智慧，有悟性，而更重要的，是要有高尚的情操、健康的人格做基础。

好的心态，其实不仅是一种人生态度，更是一种人生境界。

说平台

显而易见,一个人要干出一番事业,要实现自己的人生价值,必须要有一定的平台。

平台,实际上也就是一个人施展自己才能的舞台。它可能是一个职务和职位,也可能是一项具体的工作和任务。你只有占据和拥有了一定的平台,才能充分地展示自己的才华。

平台对于一个人很重要。缺乏平台,即使你再有才能,再有本事,也很可能无所作为,终老山林。说句大胆的话,毛泽东,如果不是遵义会议确立了他在红军和党中央的领导地位,他很可能就无法在中国历史上写下中国革命和他个人的辉煌篇章。小平同志,如果不是在中共十届三中全会上恢复了原来担任的党政军领导职务,他也很可能后来就无法成为中国改革开放的总设计师,在中国大地上绘制下令世界瞩目的宏伟蓝图。

　　一个人做事情需要有平台,但有了平台,也并不意味着这个人就一定能够把事情做好,做成功,也有的把事情做坏了,做砸了,最后不但没能让自己赢得骄傲和荣光,反而让自己灰溜溜的,从此抬不起头来,严重的甚至把自己的性命都搭了进去。马谡就是这样。让他守街亭,本来是有了一个可以立功的平台,但他自视甚高,言过其实,结果,失掉了街亭,因此而掉了脑袋。更令人叹息的是李煜,他已经做了南唐的皇帝,本可以振兴朝廷,可他偏偏不是当皇帝的料,最后,把南唐弄得亡了不算,自己最后也被宋太宗毒杀而死。

　　有了一定的平台,能否把这个平台利用好,并在这个平台上演出一幕壮美的人生大戏,一方面要看自身的能力,另一方面,还要看自身的品格。陈良宇做了中央政治局委员,上海市委书记,照理说,这是一个非常高、非常好的平台,可他品德恶劣,腐败严重,结果，从这个平台上栽了下来，进了囚笼。

　　一个人的平台有的是别人安排的，有的是自己争取的。不管怎样，有了平台，一定要珍惜。很多人开始时拥有的平台并不高，并不大，但他非常珍惜，竭尽所能在这个平台上把自己人生和事业的戏演好，因而，他不断赢得了更大和更高的平台，从而使自己的人生和事业一步步走向巅峰。

　　应该说，一个人平台的大小和高低对一个人才能的发挥有一定影响，但生活中，也并不是一定要有大平台才能干出大事业，在小平台上有时也一样可以做出有影响的事。袁隆平只不过是湖南农业科学院的一名研究员，但他却因为研究杂交水稻获得成功而受到全世界的尊敬。我的一个朋友，只是一个小小的文化站长，但他却因为把地方文化特别是地方旅游文化搞得有声有色，使得自己所在的古镇木渎成为全国历史文化名镇，从而在全国产生影响。

　　生活是复杂的。由于这样或那样的原因，很多时候，并不因为你有能力，社会就一定给你提供相应的平台。还有的时候，你在一个平台上干得挺好，干得正欢，可因为小人的妒忌和暗算，突然之间，你便失去了这一平台。这种现象在我们这个习惯木秀于林风必摧之的国度是常有的事，如果真是这样，你也不必伤心。没有平台的时候，我们应该尽量寻找机会努力去争取平台。如果失去了原来的平台，我们则要想办法再去找寻和获得其他新的平台。

　　生活中，我最欣赏和钦佩这样一种人。这种人，没有平台，他能够争取平台；你给他一个小平台，他能把小平台做成大平台；你给他一个低平台，他能把低平台做成高平台；你不给他平台，或者是你把他原来拥有的平台剥夺了，他立马就会自己为自己搭建平台，而且搭建出无数个平台。这样的人，谁也奈何不了他，谁也压制和埋没不了他。他天生就是个智慧者，就是个英雄，就是个人才。他来到这个世界上，注定要在人生的舞台上留下许多辉煌和精彩。

说理念

日前碰到一位老诗人。老诗人一生坎坷，曾屡遭嫉妒、压制和打击，历经常人所不能承受之磨难和痛苦，但他始终坚忍、执著地坚持写作，最终在诗歌创作和诗歌理论方面取得了杰出成就，成为诗坛受人敬重的一位大家。老诗人今年已是83岁，可他精神矍铄，思路清晰，雄心不减。说起自己之所以能够愈挫愈奋，愈挫愈强，老诗人说，他全凭心中始终记着这样一句话：不遭人妒是庸才。

老诗人心中始终记着的这样一句话，实际上就是他的人生理念。因为持有这样的人生理念，生活中所有的嫉妒、压制、打击，所有的风霜、雷电、雨雪，他都能够坦然面对。因为持有这样的人生理念，生活中的种种逆境非但不能毁灭他，相反会给他营养，给他激励，使他更努力，更奋发，从而更好地造就他。

每个人都会有自己的人生理念。孙中山的理念是"天下为公"，陶行知的理念是"捧着一颗心来，不带半根草去"，巴金的理念是"说真话"，"把心交给读者"，贝多芬的理念是"扼住命运的咽喉"，比尔·盖茨的理念是"我是王，我能赢"。

人是受理念支配的。因此，理念对于一个人很重要。正确的理念会成为一个人的信念和希望，成为一个人的精神支柱。很多人在生活和事业上能够取得成功，都源于有一个正确的理念。

我知道有这么一个人，当年，他的父亲被打成了右派，他成了受人歧视的右派子女。他天资聪颖，学习成绩非常好，可他初中毕业之后，便被剥夺了继续上学的权利，被下放到农村当知青。在当知青期间，在繁重的体力劳动之余，他坚持自学高中和大学教材。周围人都嘲笑他，认为像他这样家庭出身的人铁定了要修一辈子地球，再费脑筋学这些知识根本没有用。可他却坚信"天生我才必有用",国家不可能永远这么乱下去,国家建设将来肯定需要有知识的人。1977年,国家恢复高考,他顺利考上一所重点大学,后来,又考取了研究生,成为一位颇有影响的经济学家。

平凡人如此,伟人更是如此。毛泽东能够领导中国革命走向胜利,是因为他坚信"星星之火,可以燎原";邓小平能够带领中国人民走向富裕,是因为他坚信"贫穷不是社会主义"。

对于人生而言,理念极其重要。正因为重要,故而理念万万不能错。理念一错,结果就会很糟糕。很多人人生的失败和事业的失败都失败在理念的错误上。我们的身边有太多这样的例子:一个女孩,认为自己嫁了个大款,这一生就会很幸福,结果,婚后不久,她就发现这位大款在外面又包了好几个"二奶";一个男子,认为性放纵就是快乐,于是,频频出入有色情交易的娱乐场所,结果,感染上了艾滋;一个农家子弟踏入官场之后,认为有了权有了钱就有了一切,在掌握了一定的权力之后就大搞权钱交易,结果,把自己送上了断头台。

  我的人生理念和人生追求是"健康，充实，快乐"。人活着，健康是前提。不健康，对自己是痛苦，对他人是麻烦，对社会是负担。人活着，当然不能只是白吃白喝，一定要做事，要尽量去做自己喜欢做的事，做对他人、对社会有益的事。有事可做，人生就会充实。而充实，就不会空虚，不会烦恼，就会感到快乐。

  作为常人，我也喜欢名利。但我从不去追名逐利。我觉得，追名逐利时，名利始终在你的前面，你就是把鞋子跑得丢掉了，跑得上气不接下气，你也未必就能追逐到名利。我更喜欢和崇尚埋下头来，认真踏实地做事，做自己喜欢做的事，做社会和他人需要自己做的事。如果你真的这样做了，把这些事情都做成了，做大了，所谓的名利有时反而会自然地向你走来。

等 待

我知道这样一个故事：丈夫在一次车祸中不幸成了植物人。妻子坚信丈夫一定会醒来。她不离不弃，满怀期待，日夜守护在毫无知觉的丈夫身边。她给丈夫唱他最喜爱的歌曲，让丈夫听他最熟悉的音乐，和丈夫聊家常，回忆他们相恋的经历，同时精心照顾和护理他。结果，在11个月后，妻子终于等来了丈夫苏醒的那一天。

我还知道这样一个故事：一个孩子迷上了网络游戏，每天晚上都要一个人关在房间里玩到深夜。父亲批评他，骂他，甚至打他，都不奏效。母亲不说话，每天孩子在房间打游戏的时候，母亲就在客厅里默默地等候着。终于有一天，孩子主动打开房门，对母亲说：妈妈，您早点休息吧，我以后再也不玩游戏了。

这两个故事都和等待有关。生活中，我们会遇到很多难题。解决好多难题其实并没有更高和更多的妙招，有时需要的，只是耐心和耐心中的等待。

很多时候，我们必须等待。等待黑夜，等待黎明，等待日落，等待日出，等待冰雪消融，等待云开雾散，等待长夜过去，等待噩梦醒来，等待暴风雨停歇，等待吉祥鸟飞来。

化蛹为蝶，需要等待。铁树开花，需要等待。蝌蚪长成青蛙，需要等待。丑小鸭变成白天鹅，需要等待。种子变成草芽，需要等待。幼苗长成参天大树，需要等待。

孩子的成长，需要等待。心理的成熟，需要等待。浪子回头，需要等待。人生重逢，需要等待。还有，疼痛的消失，伤口的愈合，记忆的忘却，幸福的降临，等等，都需要等待。

等待是一种希望。我有一位朋友，40岁了，还没有遭遇爱情。但她一点也不灰心，不沮丧。她说，她至今还没有遭遇爱情并不意味着她的生命中就永远没有爱情，而是因为她的爱情还没有出现。她一直满怀希望地等待着。结果，在她42岁那年，终于等来了令周围朋友羡慕不已的轰轰烈烈、奇特浪漫的爱情。

　　等待是一种达观。我还有一位朋友，他很有才华，可他的上司心胸极其狭隘，处处排挤他，打压他。但他不动声色。我问他为何能如此沉得住气，他说，这个人嫉贤妒能，人所共知，他在台上的日子已经不长了。果然，没多久，组织上便免去了那个人的职务，而新来的领导很赏识我的这位朋友，于是，他的才能得以大展。

　　等待是一种智慧。报载，一对年轻情侣游嵩山，为了贪走近路，男孩伸手扶树，谁知树干枯了，一拽就断，他身子失去重心，滚下200多米的深沟。落下深沟以后,男孩保持了清醒和冷静,坚持原地不动。他知道,自己摔下来之后,单凭自己已无法走出去,他唯一所能做的就是等待营救。而保持原地不动将有利于营救人员及时准确地找到自己的位置。为了让自己能够有勇气等待下去,他不停地小声唱着歌。19个小时之后,他终于等来了女友和营救人员,成功地生还。

生活中,很多事情,真的需要等待。等待不是消极,不是回避,不是沉沦,而是一种积极有效的应对。因为除了等待,你找不到别的和更好的能够解决问题的办法。你所能做的和所能采取的解决问题的最好办法就是等待。

当然,等待中还需要有付出,有努力。单纯的等待也未必一定会出现所希望的结果。就拿花来说吧,花在花期没有到来的时候,它一方面是等待,而另一方面,则是暗暗积蓄能够开花的能量。

快乐点

　　人生是件苦事。所以，每个人当初都是极不情愿地哭着来到这个世界上的。正因为人生有太多的艰难和愁苦，每个人才都格外向往和追求快乐。

　　每到元旦、春节、中秋等各种节日的时候，形形色色的短信在空中乱飞。不管话语如何千变万化，汉字如何排列组合，图案如何新奇巧妙，核心意思总少不了：祝你快乐！快乐，是人们心中最大的愿望和最大的祝福。人们互祝快乐，其目的都是想拥有更多的快乐。

　　每个人都渴望拥有属于自己的快乐。但是，由于人的千差万别，事实上，每个人对快乐的理解是不一样的，每个人的快乐点也是不一样的。孩子可能会因为有时间玩自己想玩的游戏就感到快乐，青年人可能会因为周末可以出去聚会就感到快乐，老年人可能会因为儿女节假日能够回来看自己就感到快乐。还有，农民会因为看到庄稼长势好就感到快乐，商家会因为看到人气旺就感到快乐，股民会因为股票行情看涨就感到快乐，打工者会因为能够按时拿到工资就感到快乐。

　　以什么为乐和人的年龄、职业、身份有关，也和人的性格、性情以及爱好与追求有关。

　　每个人都有权追求和实现自己的快乐。对于有些人来说，快乐很容易得到。就像我认识的一位年轻朋友，她几乎每时每刻都能感受到快乐。早晨起来，是个晴天，她会高兴地说："今天天气这么好，太让人开心了！"打开自来水龙头，水特别清，她会高兴地说："呀，今天的水特别清哎，真叫人开心！"乘地铁上班，她刚到站台，地铁就驶了过来，她会高兴地说："呀，这么巧，太让人开心了！"进办公室后，主任通知她，今天下班后，集体用餐，然后到隔壁的国际影城看新上映的大片,她会高兴地说:"哎呀,有这么好的事,这真是太开心了!"她的日常用语中,"开心"一词使用的频率最高。

对于有些人来说,快乐又特别不容易得到。我也认识这样一位朋友,他有房有车有自己的企业,很多人没有的东西他都有了,按理说,他最有理由快乐,可他就是不快乐。原因是他一直想当当地的政协常委,但一直没有当上,而他最瞧不起的一个人却当上了。他整天为这桩事郁闷不已。

一个人快乐与否,与拥有物质财富的多少无关,而和一个人的人生态度有关。一般来说,对世界怀有感恩心理的人比较容易得到快乐。此外,一个人一生中拥有快乐是多还是少又和这个人快乐点的多和少有关。如果一个人的快乐点多,其拥有的快乐就多。反之,则少。我以为,人生不能只有一个快乐点,如果只有一个快乐点,别人一旦把你唯一的那个快乐点剥夺了或是堵死了,你便只有痛苦。

我希望每个人在生活中都能够多些快乐，而要多些快乐，就要多些快乐点。我觉得人要有广泛的兴趣，兴趣多了，快乐点自然就会多起来。即便有些快乐点可能会被别人堵死，但别人不可能把你所有的快乐点都堵死。比如我，我喜欢做的事情很多，我几乎不认为哪一件事情没有价值，没有意义，不能够给我带来快乐。我当然喜欢工作，喜欢写作，喜欢讲课，喜欢旅游，可即便别人把这些乐趣全剥夺了，我仍旧可以从读书、散步、做家务中获得一份乐趣。

说穿了，人生要通透，一切有意义，一切又毫无意义。不要给自己设定什么，不要给自己下圈套。生命来到这个世界上很不容易。而生命本身又是一件苦事，我们应想方设法给自己创造和增加快乐。即便整天都在受苦，我们也要有智慧有能力调整心态，做到以苦为乐，苦中作乐。

不埋怨

我是个乐观主义者。我最大的特点是不埋怨。

不埋怨并不是因为我处处成功，处处顺利，处处遂心如意，一点需要埋怨的地方都没有。不是。我之所以不埋怨，是因为我知道光是埋怨没有用，也没有意思，尤其是解决不了任何问题。我嫌工作不好，不可能因为我埋怨，立马就有人给我调换好的工作；我嫌职务不高，不可能因为我埋怨，立刻就有人晋升我的职级；我嫌收入不高，不可能因为我埋怨，很快就有人增加我的薪酬；我嫌住房太小，不可能因为我埋怨，转瞬就有人赐给我一套豪宅。至于我买彩票老也中不了奖，买股票老也赚不了钱，喜欢唱歌老也成不了歌星，喜欢讲课老也成不了易中天，我就是一天二十四小时地埋怨，肯定还是一点用也没有。

埋怨不但起不到一点正面作用，相反，还会带来许多副作用。你总是埋怨，总是处在埋怨之中，就会觉得世界对自己太不公平，就会把自己的不如意统统怪罪于环境和他人，你的心境就会越发糟糕，情绪就会越发低落，你就不会积极地去想办法解决问题，你的不如意也就会随之越来越多。

　　我认识这样一个朋友。他原是很有些写作才华的，也写作和发表了不少作品。但他后来突然就不写了，不写的原因是他觉得在单位不如意。和他在一起，你会听到他总在埋怨，埋怨单位对他不重视，埋怨单位不给他安排一份轻松的工作，埋怨单位不给他专门用于写作的时间，埋怨单位提拔干部老也想不到他，埋怨单位对他发表了这么多作品总也不给予他表彰和奖励。开始时，人们听到他的埋怨，对他还有些同情，后来，看到他总在埋怨，大家便开始有些厌烦。再后来，看到他埋怨已经成了习惯，不管何时何地遇到何事都是一副唉声叹气、怨天尤人的样子，好像全世界都对不起他，都在有意和他作难,大家就越发觉得跟他在一起没劲,纷纷远离了他。这样一来,他的埋怨就更多,情绪越发消沉,个人的境遇更加糟糕。

依我说,写作是你个人的喜好。你喜欢写作,能够从写作中获得一份快乐已经足够,哪里还需再要求别人对你如何如何?这种不如意,很大程度上是自找的。

当然,有人在生活确实会遇到不如意。比如说,你很有才华,可有些领导就是压制你,贬低你,不重用你。说实在的,这的确让人有些郁闷。如果真是遇到了这样的事,光是埋怨依旧没有用。你不妨想开点。别人不重用你,你可以自己重用自己。只要你有追求,有目标,你一样可以实现自己的人生价值。失之东隅,收之桑榆,这也是常有的事。

我们期望世界能够合理、公平,但期望毕竟只是期望。如果我们遇到了不合理,不公平,也不必埋怨。一方面,我们应该通过自身的努力积极去争取合理、公平，如果这种合理和公平一时还争取不到，我们也万勿灰心丧气。世事本来就是如此。

　　说实在的，人的一生不可能处处遂心如意，你想登高，立马就有人给你送来一架梯子；你想瞌睡，立马就有人给你送来一张躺椅；你想沐浴，立马就有人为你备好一池温泉；你想享受，立马就有人为你送上锦衣美食。这不可能。说句不中听的话，你以为你是谁？

　　人活着的过程本身就是承受种种压力和痛苦，克服种种艰难和阻碍的过程。我们应该视不如意为正常，以积极、乐观的心态去对待人生，对待一切。从战胜痛苦、艰难和阻碍中，获得生命的乐趣。

　　此生，我奉行一个理念，就是不埋怨。不埋怨，说到底，这是我对自己的关照和体恤。这使得我至少不会因为埋怨而无谓地伤害自己。

第六辑

劳 作

2013年的最后一天，我在电脑上完成了一篇文稿的写作。

2014年的开头第一天，我在电脑上又写下了一篇新的文稿。

过去一年的生活，以劳作结束。新的一年的生活，又从劳作开始。

作为一个脑力劳动者，我喜欢过劳作的生活，也习惯了这种周而复始的劳作。

没有比劳作更踏实和更幸福的事情了。因为不停在劳作，所以内心不会空虚。因为不停在劳作，也就心无杂念、心无旁骛。因为不停在劳作，也就可以不停地享受到自己劳动的成果。

劳动的成果当然也希望有人能够分享。但没有人分享或者少有人分享也没关系。敝帚自珍。独自欣赏自己的劳动成果，一样可以自得其乐。

劳作时，是把自己也变成了劳作的成果。因为不停在劳作，所以，思维始终活跃着，精神始终愉快着，生命始终保持着充沛的激情和旺盛的创造力。

一直保持劳作的状态，乐此不疲，乐而无忧，乐而有劲，这种感觉真的很好。

我的早餐

只要不出差,是在家里,我对早餐是极其认真的。

通常是 7 点 10 分起身。先排除体内废物,通畅身体,再洗漱,接下来,便进入了我用早餐的环节。一般说来,用早餐的顺序是这样:

首先是喝一杯蜂蜜。常饮的蜂蜜有南京本地产的老山蜂蜜,也有江苏盱眙产的白蜜,还有北大荒产的东北黑蜂椴树蜜。我的动作是,从冰箱内取出蜂蜜瓶,轻轻拧开瓶盖,取出两匙蜂蜜,用温开水冲开调匀,然后,慢慢饮下。早晨身体缺水,饮下一杯蜂蜜水,体内感觉立刻滋润起来,人也立刻来了精神。

接下来是饮用一杯蓝莓汁。蓝莓被联合国粮农组织列为人类五大健康食品之一,被誉为"21 世纪功能性保健浆果",蓝莓果汁含有丰富的维生素和氨基酸,此外,还含有丰富的花青素,具有清除氧自由基、保护视力、延缓脑神经衰老、提高记忆力的作用。由于蓝莓对保护和增强视力具有独到效果,蓝莓又被称为"飞行员的早餐",是英、美空军指定的飞行员早餐食品。早晨身体缺水量大,单单饮用一杯蜂蜜水显然不够。作为脑力劳动者和眼力劳动者,再饮用一杯具有保护脑力和视力作用的蓝莓汁是再好不过了。

在饮用蓝莓汁的过程中,是附带要食用几种小食品的。其中有:一小袋宁夏枸杞;一块山东东阿阿胶股份有限公司生产的桃花姬阿胶糕;两颗山西汾阳产纸皮核桃;三颗山西产的交城骏枣或是宁夏产的长红枣;四粒杏仁;五粒花生米;六颗用微波炉烘烤的白果仁。

接下来,食用一小碗冲好调匀的杭州西湖藕粉或是江西三清山野生葛根粉。

最后,再食用一小碗新煮的玉米稀饭。

从完整的早餐程序来说,这还不算完。食用完玉米稀饭,漱了口之后,还须再冲饮一杯绿茶。

出门前,再在万象牌茶杯里放上 5 朵雪莲,适量铁观音,加满热水,放进包里,供途中饮用。

早餐的过程是体味生活、体悟生命的过程,也是丰富感受、丰富思考、丰富生命的过程。

每天在使用早餐的过程中,我的内心都盈满感动。我的眼前浮现出许多亲切的面庞和许多美好的景象。我对世界充满了感激和感恩。世界给了我这么多这么好的东西,世界用它的优质和丰富营养了我,我也该永远上进,永不懈怠,努力为世界作出更多更好更有价值的奉献啊。

享受感冒

呵呵，感冒，你这家伙，悄无声息地，你又来了。
你总是在我专注于其他事情的时候来。
你总是在我自我感觉良好的时候来。
你总是在我已是疲惫但又全然不觉的时候来。
你总是在我疏忽大意的时候来。
你和过去的每一次一样，就这么鬼里鬼气的、不声不响地来了。

呵呵，感冒，你这鬼东西，你总是习惯对我使用这样一种老伎俩。
每次，你总是这么逗弄我，先是让我的嗓子发涩、发毛，然后，让我嗓子沙哑、身子发重、四肢乏力，再后，让我身体发热、口干舌燥、大脑胀痛、昏昏欲睡。
你总是这么一步步地侵入我的身体内部。等我真正发觉时，一切都为时已晚，我的身体，已经中了你的病毒。

呵呵，感冒，你这坏东西，你的行动全由着你自己的小性子，根本不管别人是否愿意。
几乎每次都是如此，你说来就来了，全然不管我是多么忙着，全然不管我有多少急着要做和急着要处理的事情。

你不容商量，不由分说。

你就是要对我强行按下工作的暂停键。

你就是要让我暂时抛开那一大堆没完没了的事情。

我只能听你的。

我拿你，一点辙也没有。

呵呵，感冒，你这小东西，我知道你想让我陪你玩。

既然你又找上我，既然你又固执地要让我陪你玩，那这一次，我也就不再那么羞羞答答，半推半就，我就索性放下一切，痛痛快快地和你玩上一回。

别以为我天天都那么勤奋。

别以为我天天都那么上进。

今天，我要彻底地堕落一次。

我要彻底地放下一切，什么事也不想，什么事也不干，什么都不管不顾，投入地全身心地陪你玩。

过去，我总是处于一种被动的状态，弱弱的，一副绵柔无力的样子，任由你摆布，任由你欺负。

这一次，我要变被动为主动，变被动参与为主动出击！

我抖擞起精神。

我拿出一种斗士的姿态和勇士的豪情。

我狂吃，狂喝，狂睡。

我吃阿胶、吃花生米、吃核桃仁、吃大红枣、吃铁棍山药。

我吃头孢拉定胶囊、吃日夜百服咛、吃金荞麦片。

我喝蜂蜜、喝姜汤、喝枸杞醋、喝板蓝根、喝小柴胡冲剂。

我还把苹果、梨子、橘子、橙子、甘草、黄芪融为一锅加上冰糖煮水喝。

我跳上床来，脱光衣服，伸开四肢，蒙头大睡。

我盖了两床被子睡。

我打开了电热毯睡。

我打开了暖气睡。

我开足了空调睡。

呵呵，感冒，你这个可恶的小东西，你既然钻进了我的身体，就别想我能饶过你。

我这么狂吃着，狂喝着，狂睡着，就是要好好斗斗你。

我拼命地吃着各种食品、补品，我要让自己有力量好战胜你。

我严格按照说明书吃药，我要用药品毒死你。

我连喝若干支枸杞醋，我要用枸杞醋酸死你。

我不停地喝着姜汤，喝着用苹果、梨子、橘子、橙子、甘草、黄芪煮成的水，我要用汤汁和水稀释你，淹死你，排解你。

我拼命地发汗，我把自己变成一台大功率的小锅炉，我要用最大的热量蒸死你。

我一声接一声地咳嗽，我要把你一丝丝的病毒全咳出来，吐出来。

我不停地擤鼻涕,我要把你潜藏的所有坏心思全擤出来。

呵呵,感冒,你这狗东西。你服了吧。
别以为我好欺负。
别以为我不是对手。
我是在一天内体重减少了两斤,可你呢,却已在心里竖起了白旗,乖乖地认输、撤离……

呵呵,感冒,你这个家伙,你也别以为我真的多么生你的气。
我知道,你对我其实满怀善意,你只是以这样一种方式提醒我注意健康,注意休息,不要超负荷工作,累着自己。

呵呵,感冒,你的心思我懂的。让我叫你一声小可爱,小讨厌。
2013年的元旦,2013年的第一天,我竟是以这样一种方式和你一起度过。
我一边看着一条又一条祝福健康的短信,一边和你斗法、游戏。
说实在的,我还得向你道一声感谢。
因为你,我不经意中获得了人生的另一种感受和别一番意趣。

我的小小的骄傲

按理说,一个人是不该有骄傲的,特别是像我这样一个已经到了一定年龄的人就更不该有骄傲和公开说出自己的骄傲。但我还是忍不住要小小地骄傲一回。

我的小小的骄傲就是:自打我有了生命意识和生命自觉以来,我的生命中,没有一天是未经思考和创造而度过的。

这个小小的骄傲透露了我的价值观。这就是,在我的心目中,生命最大的价值和意义在于思考和创造,生命最大的愉快和幸福也在于思考和创造。

没有思考,生命无疑会陷入懵懵懂懂、稀里糊涂,浑浑噩噩。

没有创造,生命难免会沦为无所事事,无所作为,虚掷虚度。

如果说,我觉得自己每天还算活得清楚,活得明白,活得充实,活得快乐,就因为我每天都要求自己有所思考,有所创造,每天都坚持做到有所思考,有所创造。

也许有人并不认为我这样做有什么可骄傲的,甚至可能有人会对我小小的骄傲嗤之以鼻,但我不会在意。

这只是我私心里小小的骄傲和私心里对自己小小的肯定。只关乎自己,不妨碍别人。我并不要求别人也都像我这样。

但我相信,这个世界上一定会有很多人赞同我的骄傲。赞同我的骄傲,其实就是赞同做一个普通、清醒而又愿意劳动和付出的人。而要在生活中真正做好这样一个人,也并不那么容易。

不信,你就试试。

成长的快乐

对于一个人来说，我一直觉得成长是一种很大的快乐。

这种成长不只是幼小时身体的发育和成长，更重要的是伴随着人一生的各方面的成长，包括心理的成长，思想的成长，知识的成长，情感的成长，心智的成长，人格的成长，品德的成长，境界的成长。

我觉得，人的一生最美好的状态就是始终在成长，一直在成长，不断在成长。

因为不停在成长，一个生命就会每天都有新的感觉，每天都有新的面貌，每天都有新的气象。因为不停在成长，一个生命就会始终充满生机、充满活力、充满自信、充满希望。

我对于自己最高的期许，就是到了年岁很大很大的时候，仍能像一棵千年老树一样，仍能吸收阳光和雨露，仍能发出思想的嫩芽，仍能长出情感的叶片，仍能为这个世界撑起一片浓荫。

不自作多情

人最容易犯的错误就是自作多情。

别人可能根本就没瞧得上你或者根本就没拿你当回事,甚至别人心中可能压根儿就没有你,你却一厢情愿地以为别人会对自己有意思,会青睐自己,会对自己怎样怎样,然后,就想当然地拼命和对方套近乎,想尽方法表现自己,以赢得对方的欢心。结果可想而知,只能是越想表现自己,就越让对方讨厌和轻视,就越适得其反。

自作多情,是极其简单和幼稚的表现。

不自作多情,一方面,可以免得多情反被无情恼;另一方面,则更可以免得自轻自贱,自取其辱。

面对挑剔

面对一个挑剔的人，不要害怕自己被挑剔。

金无足赤，人无完人。一个人总有不足之处，有不足就难免会被挑剔。挑剔尽管过于严格甚至苛刻了一点，但只要对方是出于善意，完全可以诚恳接受，就是挑剔错了，也完全可以抱着有则改之、无则加勉的态度，虚心对待。

也可能有的挑剔真的就是挑剔，是鸡蛋里面挑骨头，是有意跟你过不去，是无限上纲，是无中生有，是主观臆断，是全盘否定。面对这样的挑剔，那就尽管让其挑剔吧。不要觉得委屈，也不要因此而生气。你只要内心里真的清楚自己究竟是怎样一个人就可以了。

对于一个存心要挑剔的人，你就是真的做到了完美无缺，你也依旧难逃对方的挑剔。

其实，总是挑剔别的人，不用别人挑剔，自己就先显露出了自己身上最大的毛病。

现　在

现在比任何时候都重要。

现在是最实在最具体最能把握得住的时刻。

过去的就都过去了。即使我们作一千次一万次的假设，假设一切可以从头再来，即使这假设再美好，然而，假设终究也只能是假设，它既不可能真的让我们重新回到过去，也不可能更改我们的现在。我们也可以设想和眺望未来，但未来毕竟很虚渺，而在通往未来的路上还有许多无法预料甚至可能是我们根本无法掌控的东西。要把对未来的设想变成现实，仍需要我们用现在的努力和一切作为铺垫。因此，把握住现在过好现在最为实际，最为重要，也最为实在。

生活是由一天天组成的。生活本质上就是每一天。最能切实地体会到生活的滋味的，就是现在。把现在的每一天、每一刻、每一分、每一秒都把握好，过好，让现在的每一天都很充实，很愉快，很踏实，很幸福，这就是最大的幸福。所有的现在都很幸福，一生也必然是幸福的。

珍惜现在，过好现在。过好现在，就是弥补过去的缺失和遗憾，就是迎接和创造更为美好的未来。

气　息

透露一个人秘密最多的是气息。

气息掩藏不住，气息随时都会散发出来。

一个人的气息或清，或浊；或香，或臭。还有人的气息散发着各种混合的怪味。

一个人的气息透露着一个人的生理状况，更透露着一个人的心灵状况。

一个身体健康、心灵洁净的人，所散发出的气息必然是清新的。反之，其所散发出的气息必然带着腐浊。

人是循着气息寻找自己的朋友的。

志趣高雅的人会循着清新、香馨的气息而去。而情趣低下的人则会循着庸俗、腐臭的气息而去。

故君子之交，淡如茶香。小人之交，则是臭味相投。

直 觉

直觉其实就是第一感觉。

第一感觉也是未经理性思考未受外界干扰而产生的感觉。

判断一个人、一件事,直觉很重要。

直觉未必都很准确,但直觉一定会为自己最终作出正确的判断提供一个重要的基础。

正确的判断大多是在直觉做出的判断基础上延伸、调整、展开、完善。

直觉很厉害。

特别是人生阅历、人生经验已经十分丰富的人,直觉就更厉害。他会在瞬间洞穿一个人的灵魂,洞穿一件事物的本质。

智慧的人,面对人和事会始终保持一种敏锐的直觉,而且不会因为后来其他信息的介入和干扰,而完全丢掉自己最初的直觉。

责　任

　　我们提倡每个人都要有责任意识，每个生命都应该承担起一份责任。

　　但是，每个人的能力和精力都是有限的。因此，我们必须分清楚自己所应该担负的责任的界限，包括对他人、对社会的责任。我们不可能承担起无限的责任，我们只能承担有限的责任。

　　承担有限的责任，并不是推卸责任，而是为了更好地承担起自己所能承担和所应该承担的责任。如果长期超出自己的分内，特别是超出自己的能力所能承受的极限，对任何人任何事都承担起无限的责任，那么，其结果只能是让自己不堪其累，给自己带来严重伤害，最终，造成自己连分内所应该承担的责任也无法承担。

　　我们每个人都应该首先对自己负责，对自己的生命负责。如果每个人都能把自己所应该承担的责任承担好，每个人都不无端或故意把自己的责任转移和转嫁到别人的头上，这个世界已然是一片和谐。

境　界

真正能够区分人的高下的,不是别的,而是境界。

并不是地位高、财富多、权势大的人,境界就一定高。反之亦然。

一个人境界的高低是无法隐瞒的。

境界的高低通常会从一个人所说的话和所做的事情当中不自觉地反映出来。

生活中,我们常常惊讶,一些看上去地位和身份很高的人,怎么会是那样一种思维方式和认识水平,怎么会说出那样没水平的话,做出那样下作和龌龊的事情来。而这些,也只有境界极低的人才会想得出、说得出和做得出来。

生活中,最令人反感和讨厌的人,都是境界很低的人。

境界低的人,自己境界低,领略不到高境界的东西倒也罢了,他常常还会以他低下的认知水平以及庸俗的心理度量和随意贬损、侮辱高水平、高境界的人。

再高尚的人、再美好的事物到了境界低的人眼里、嘴里,都会变得特别低下和低俗。

境界高的人与境界低的人在一起,根本无法交流,更无法相处。

一个人一旦境界低下,则无足观。

凡是选人、用人、交人,都应该把是否具有高的境界作为一个重要的衡量标准。

知 己

每个人的内心都潜藏着一种深深的孤独感,而最难摆脱的,也是这种孤独感。

许多人在本质上都无朋无伴,极其孤独。

生活中,也许有人恭着你,敬着你,但恭着你、敬着你的人,未必就真的懂你。也许有人围着你,捧着你,但围着你、捧着你的人,也未必就真的了解你。

那些本来就离你很远的人,离你的内心就更远。

谁都想在这个世界上能够有人真的懂得自己,了解自己。

那种无人理解、无人体察、无人应和、无人诉说的感觉,常常构成一个人生命中最大的痛。

那些对人生、对生命失望乃至绝望的人,一定都没有知己,甚至可能身边连一个真正可以算得上是朋友的人都没有。

世界之大,人海茫茫。但茫茫人海中,难得寻觅到一位知己。

知己难求。

知己其实也不是求来的。本来就有,又遇上了,自然就有。本来就没有,你就是踏破铁鞋,众里寻他千百度,也只能是没有,到最后,也只能是抱憾终生。

能够遇上知己,那是人生再幸福、再欣慰不过的事。那几乎可以说是上苍对一个人最大的眷顾和厚爱。

沉　稳

　　沉稳是一种状态，更是一种气质，一种风度。

　　一个沉稳的人，其心智一定非常成熟，精神一定非常强大，灵魂一定非常强健。他表情沉着，举止稳重，步履坚实。他的内心从容、坚定，既不会因为外界一点点的风吹草动而动摇，也不会因为突如其来的冰雹雷电而改变。即使面对刀剑相逼，泰山崩裂，也依然能够泰然处之，不恐不惧，不改容颜。

　　一个沉稳的人，一定是个有力量、有底气的人。他有着足够的自尊和自信。他的生命中充溢着浩然正气和磅礴大气。

　　一个人能够表现出沉稳，一定是万事在谋，成竹在胸。只有胸有成竹，胜券在握，才能做到有条不紊，不慌不急，不焦不躁，不忙不乱。

　　沉稳与否，检验着一个人心灵的成熟度，也检验着一个生命的分量。

　　和沉稳的人在一起，让人踏实，让人心静，让人安全，让人觉得有所依靠。

　　长期和沉稳的人相处，自己也会渐渐变得沉稳。

柔 情

柔情是一种最优美最具人性最富有魅力最能打动自己和打动他人的感情。

柔情是生命中最至善至柔的部分。

一个人柔情的时候,往往心柔软,情柔软,生命柔软,其面色温润,神情柔和,目光含情,整个人会显得特别温柔,特别纯真,特别善良,特别多情。

每个人的心中都藏有一份柔情。但并不是每个人都能感知到这份柔情并能显现出这种柔情。

能够感知到自己的柔情,一定是有人唤醒了自己心中的柔情。

能够显露出自己的柔情,一定是有人让自己不由自主地表现出柔情。

柔情和爱有关。

心中有爱,才会产生出柔情。

心中有爱,才会涌动着柔情。

和相爱的人在一起,才会呈现出最大的柔情。

谁能让我变得柔情?

谁能让我如此柔情?

许多缺乏爱的人和许多内心正在深刻地爱着的人,都会在心中轻轻自问。

能够生出一份柔情,能够面对一份柔情,能够拥有一份柔情,那是我们生命中最大的感动和幸福。

儒　雅

儒雅是一种非常优美的风度和气质。

儒雅的人一定是个读书人,并且一定有着很深的学问。只有知识渊博,内心有着极其丰厚的积淀,其生命才有可能散发出儒雅之气。

儒雅的人不仅有学问,一定还有品格,有修养,有情怀,有境界。

儒雅的人都是智慧之人,通达之人,善良之人,宽厚之人。儒雅的人对人生一定都有着大彻悟,大同情,大悲悯。

儒雅的人不会自大轻狂,不会目中无人。

儒雅的人既自尊、自重,同时,也发自内心地尊重别人。

儒雅的人总是温文尔雅。

儒雅的人都是谦谦君子。

和儒雅的人相处,你会感到如沐春风,由衷地感到舒畅、愉悦,并从儒雅的人身上获得许多教益。

现在的生活中,已很少能看到儒雅的人,就是在所谓的知识分子和文化人中,竟也很少有儒雅之士,更多的是浅薄、无知、粗俗、粗鄙、猥琐的人,不能不让人一声叹息。

但儒雅的人毕竟还有。如果身边还有儒雅的人,或者某一天偶尔碰到了儒雅的人,那么,我们一定要好好珍惜,并将此视为一种很大的福分。

理 念

每个人都有自己的人生理念和生活理念。

理念对于一个人极为重要。因为理念影响和决定着一个人的人生态度以及日常行为。

一个人有其他错不要紧。其他错可能都无关紧要。但一个人的理念不能错。一个人一旦理念出了问题,一个人的人生就会一直在错误的轨道上运行,其生活就会变得不可收拾,一团糟。

生活中,理念错误的人不在少数。生活中奇奇怪怪、苦恼最多、麻烦最多的人,往往也都是理念有错误的人。因此,树立积极的正确的理念,对人生至关重要。

生命自觉

生活中,很多人缺少一种生命自觉。

所谓生命自觉,就是一个人对自己生命的价值和生命的意义有足够的认识,对自己生命的目标有明确的追求,对自己生命未来的发展有一定的把握和清醒的预判,对未来可能出现的障碍、挫折以及可能遭遇的风险和意外有一定的心里准备。

具有生命自觉,对于一个人极为重要。

有了生命自觉,一个人就不会浑浑噩噩、不知所终,就不会庸庸碌碌、无所作为,就不会因为遇到困难和挫折一蹶不振,陷入长久的悲观、消沉,更不会一时冲动,轻易地毁灭和抛弃生命。

培养生命自觉,提高生命自觉,应该成为人生启蒙和人生教育首要和最重要的一课。

心怀感恩

在这个世界上，几乎没有谁能完全离开他人独自生活。

我们必须承认，我们每天赖以生存和生活的外部条件和资源绝大部分都是世界和他人提供的，我们在生活中所遇到的各种各样的难题绝大部分也都需要别人提供帮助才能解决。我们自己所能做的其实极其有限。因此，我们没有理由不对世界、对他人心怀感恩。

对世界、对他人怀有感激和感恩之心，我们就会变得谦恭。我们就不会自我膨胀，就不会无限放大个人的欲求，就不会因为在生活中仅仅是一点点小的愿望没有得到满足，就满腹牢骚，满腹怨气，觉得这个世界、这个世界上的所有人都在跟自己过不去，亏待了自己，对不起自己。

就个体而言，每一个人都是极其单薄、微弱和渺小的。对世界、对他人怀有感激和感恩之心，我们就会变得平和、平静和宽宏，就容易活得自得、自在和自足。

人生是一种修行

　　没有一个人生下来就那么完美，就有那么多的智慧那么强的悟性，就能抵达那么高的境界。

　　人生是逐步成长的。成长的过程，其实也就是修行的过程。

　　人生本质上就是一种修行。按照内心的指引，遵循人生的真义，向着精神的灯塔，一步步地走近，一步步地提升自己，丰富自己，拓展自己，完美自己。

　　唯有把人生当作是一种修行，唯有始终保持这样一种人生自觉，人生最终才能抵达完美和完满。

人生是一种体验

我一直认为，拥有生命是一个人此生最大的幸运和幸福。

人生不是苦役，不是苦旅。人生是一幕跌宕起伏、波澜壮阔、多姿多彩、奇妙无比的活剧，是一场充满风景、充满魅力、有滋有味，令人荡气回肠的旅行。

人生是用来品味和享受的，不是用来烦恼、纠结、郁闷和痛苦的。

不要用愁苦的眼光看待人生，不要用悲悲戚戚的心情对待人生。

人生就是一种体验，而且是唯一的一次体验。充分地珍惜每一刻，感受每一刻，享受每一刻，以最乐观、最积极、最豁达的态度面对人生，即便是苦难，即便是苦涩，也能化为心尖上的畅快和甜蜜。

234 成功者的成功之处

一般说来,成功者的成功都不是单一的成功,而是多方面的成功。或者说,正是因为多方面的成功,才成就了他最大的成功。

比如:

成功地选择了自己的人生目标;

成功地避开了成长过程中的许多麻烦;

成功地克服了前进道路上的各种阻碍和困难;

成功地抓住了有利于自己发展的各种时机;

成功地利用了自己不同发展阶段的各种平台;

成功地借助了身边和社会各方面的力量;

成功地把握了时代的需求和社会发展的趋势;

成功地克服了自身的短处和弱点;

成功地发挥了自己的优势和特长;

成功地塑造了自己的社会形象……

大凡成功者,都一定有其过人之处。

不苛求他人

每个人的遗传基因不一样,每个人的家庭出生和成长背景不一样,每个人受教育的程度和知识面不一样,每个人的性格、性情、兴趣不一样,每个人的悟性、能力、水平也不一样,因此,不能对所有人提同一的要求。

可以要求自己一刻也不停歇、不懈怠,但不能要求他人也是如此。可以要求自己追求完美,但不能要求他人也处处追求完美。可以苛求自己,但不要苛求他人。

对他人,要怀有宽厚之心、宽容之心,要怀有仁慈之心、同情之心、悲悯之心。要尊重和体察他人,要理解和体谅他人。

不苛求他人,更不要苛责他人。只要他人没有失去做人做事的底线,只要他人还想把人把事做好,我们就应该从内心予以认可和肯定。

不干预他人

每个人的生命都是独立的,因此,每个人都有自己选择生活的自由。

尊重他人的人格和尊严,尊重他人的情感和意愿,尊重他人的信仰、价值观和对生活方式的选择。只要他人不违法,不损害公众和自己的合法权益,就不要去干预他人。

不干预他人,是给他人留下相对自由、宽松、舒展的空间。

不干预他人,也才能免得自己被粗暴地干预。

时代的高度

时代的高度是由这个时代整体的思想和精神的高度来决定的。

时代的高度和这个时代物质的富裕程度，和这个时代的 GDP 的总量有关，但又并无本质的关联。就像我们看一个人，判明他在我们心中的高度，并不只是看他的外表，看他的衣着是多么高档和时尚，看他的身家有多少多少亿，而是看他内在的品质、精神的品位和境界的高度。

如果一个时代，只有物质的丰裕，而思想平庸，品格低下，精神萎靡甚至堕落，则无足观。

而这样一个时代，物质的丰裕也不可能支撑长久。

条条大路通罗马

这是一句再智慧不过的话。

条条大路通罗马。

这句话是何等的富有哲理，何等的好啊。

人生的路本来就不止一条。经商是一条路，做学问是一条路，当官是一条路。哪一条路走好了，都能济世安民，都能实现自己的人生价值，都能抵达人生的最高境界。

不必都只往一条路上挤。

不必都只认准一条路。

不必只因为一条路走不通，就失落，就沮丧，就哀怨，就绝望。

人生可走的路很多很多。

人生还有无数条路等着我们去发现，去开拓。

条条大路通罗马。

人们之所以对罗马如此钟情,如此迷恋,都向往罗马,都希望自己能够到达罗马,是因为人人都说罗马好。实质上,对于很多人来说,罗马只是一种猜测,一种想象,罗马究竟好在哪里,并不是每个人都能够说得出。如果真的说出来了,每个人想象中的罗马可能会有很大的不同,甚至可能根本就不是一回事。

想象中的罗马,说穿了,也只是一种虚设。有人真的吃尽千辛万苦到达了罗马,保不准会是满心的失望,也许会比没有到达罗马和永远到达不了罗马还失望,还痛苦。

人生说到底无非就是一次行走的过程。走自己喜欢走的路,看自己喜欢看的风景,这已经足够。至于这条路是否通向罗马,自己最终是否能够抵达罗马,根本无关紧要。

如果一定要把罗马当成自己的目的地,你也可以很潇洒地说一句:我一直走在去罗马的路上。

人生最好的状态,本来也就是在路上。

人在高处

人都是想往高处走的。

走到高处的结果是什么呢?高处不胜寒。

有人不知道高处不胜寒,所以一个劲儿要往高处走。有人明知高处不胜寒,但也还是要往高处走。

高处固然不胜寒。但高处毕竟也有着太多的风光和好处。而高处的风光和好处远远大于高处的不胜寒。

不胜寒,如果不是处在高处的人发自心底的一声喟叹,其实也完全可以视作是处在高处的人一种小小的矫情。

毕竟,这个世界上并不是每个人都能或者都有机会走到高处。

模模糊糊看世界

对世界，未必一定要看个清清楚楚，明明白白，真真切切。

首先，这个世界过于庞大、缤纷和复杂，想看个清清楚楚、明明白白、真真切切，未必就能够做得到。其次，这个世界上好的和坏的东西都很多，真要看个清清楚楚、明明白白、真真切切，也未必就一定是什么好事情。

我倒是觉得，需要和该看清楚、看明白、看真切的，就看清楚、看明白、看真切，不需要看清楚、看明白、看真切的，就不要那么费力气。

模模糊糊看世界也不失为一种看法。朦朦胧胧中，世界会多出许多美感和诗意。如果一心要看清世间所有的丑陋和丑恶，很可能会让自己生出许多烦恼，并失去对世界应有的希望、热情和信心。

把自己的事情办好

这其实是一个常识,那就是,每个人首先要把自己的事情办好。

一个人当然应该有大的情怀,应该心怀天下,心忧天下。但是,世界是由每一个具体的人组成的。只有每一个人都好,这个世界才会好。只有每一个人把自己的事情都处理妥当了,这个世界才会和谐、太平和安宁。

要扫天下,必先扫一屋。一屋不扫,何以扫天下?大家都先去扫天下,放弃自己的屋子不顾,这个世界肯定会乱套。

先把自己的事情做好,不是说对别人的事情不管不顾,而是说,先把自己的事情做好了,去管别人的事情才会有更好的前提条件。

一个人必须要首先立足于把自己的事情办好,有余心余力,再尽量去关心别人,帮助别人。如果每个人都只是操心别人的事情,而自己的事情却不管不顾,弄得一塌糊涂,其结果,只能是非但帮不了别人和世界什么忙,反而会给世界增添更多的麻烦。

不入圈套

生活中有很多圈套。

大凡圈套,都有一个共同的特征,就是看起来很美。因为看起来很美,很体面,很光彩,很诱人,于是,很多人就不知不觉地进入了这个圈套,甚至哭着闹着要进入这个圈套。

只要进入了这个圈套,你便很难再摆脱这个圈套。即便此时你也已觉察到这是个圈套,也只能将错就错,咬着牙继续在这个圈套中生活。

入了圈套的滋味可想而知。

生活中的大多数人都难以抗拒圈套的诱惑。而有些已经进入圈套的人为了满足虚荣,为了证明和炫耀自己活得成功,活得风光,常常故意装出高人一等、轻松得意的样子,从而引诱更多的人进入圈套。

圈套的周围,通常都很热闹,有时甚至是人头攒动。

只有智者自觉地远离圈套,冷眼旁观。

在智者眼里,圈套再美,也还是圈套。

面对圈套,最好的选择就是:不入圈套。

不要疏忽

疏忽是生活中最常见也是最容易犯的错误。

生活中，大多数人在大多数时候考虑和处理事情都是很细致很周密很谨慎的。因为这个世界并不安全，因为这个世界上许多人许多事远不像想象的那么简单，因此，在面对这个世界，在处理和处置一些事情的时候，就必须尽量想得仔细，想得全面，想得周到和周全。

但是，因为劳累，因为疲惫，因为一时间的过于高兴、兴奋和自信，因为注意力突然被干扰，思考突然被打断，或是还有什么别的原因，人稍不留神就会出现疏忽和大意。而一旦出现疏忽和大意，不良的后果就会随之产生。

百密一疏。许多谨慎者的遗憾和悔痛都是来自一时的疏忽。有些疏忽带来的错误和损失可以改正和弥补，而有些疏忽所产生的后果，则无法挽回，只能令当事者饮恨终身。

每一个人都需要在内心建立一种更为灵敏更为牢固的警觉机制。越是在特定、特别和特殊的时候，越需要加倍提醒自己：不要疏忽。

不要想当然

很多人出差错都是因为想当然。

其实，世界不可能完全是你所想象的那个样子，生活也不可能完全像你所想象的那么简单，更重要的是，任何事情都不可能完全按照你所想象、所理解、所希望、所预测、所预设的方向和轨道发展。因此，只要你自以为是，只要你想当然，你就必然会碰壁，会遇到麻烦，甚至会撞得头破血流。

我们不能把想象当成是实际，把主观推断当成是客观现实。我们不能在知识有限、经验有限、认识水平有限的情况下，轻易地对极为复杂的生活和事情大而化之，作出想当然的判断。当我们面对重要的事情和重要的选择时，我们应该对事情作全面的了解和分析，在充分听取他人意见和建议的基础上，然后，再审慎地作出某种判断和决定。这样，才能最大限度地减少失误和差错。

大凡一味地想当然，其结果都只会是误导自己，让自己陷入极为尴尬和极为不利的境地。

姿　态

不同的人在生活中有着不同的姿态。

有人的姿态是张扬的，傲慢的，高高在上的，居高临下的，甚至是极其霸道的，飞扬跋扈的，牛气冲天的，蛮不讲理的。有人的姿态是内敛的，谦恭的，谦逊的，谦卑的，还有谨小慎微的，诚惶诚恐的，畏畏缩缩的，提心吊胆的，仰人鼻息的，谄媚讨好的……

不同的姿态反映着人不同的性情、性格、修养、内涵，也反映着人不同的品德、品性、品格、品位。

一个人取什么样的姿态与他的身份、地位、财富有一定关系，但二者之间又并无必然联系。

决定一个人姿态的是一个人的品质和内心。

我所喜欢和欣赏的姿态是平等。平等，既体现出对他人的尊重，也体现出对自身的尊重。生活中，能坚持做到始终以平等的姿态面对所有人的人，是值得钦敬的。因为，做到这一点，不仅需要有博大的胸襟和高尚的人格，同时，也需要有强大的内心和足够的底气。

洁 净

我喜欢洁净的人。

一个洁净的人,一定是个对自己有原则、有标准、有要求的人。

一个洁净的人,内心一定是把洁净当成自己人生的最高美学,时时注重洁净,时时追求洁净,时时保持洁净。

一个洁净的人,他的外表是清爽的,他的眸子是清澈的,他的神情是明亮的,他的体态是劲拔的。

一个洁净的人,会自觉地远离污浊和污秽,本能地憎恶、排拒不洁和肮脏。

一个洁净的人,并不一定面孔长得多么俊秀和白皙,衣着是多么时髦和光鲜,而是他的灵魂是干净的,他的内心是纯洁的,他的心地是纯良的,他的品格是纯粹的。他的身上透出一种超拔脱俗的气质,散发出一种迷人的人格魅力和美好生命所独具的芬芳的气息。

说到底,一个洁净的人,不仅是外表干净、爽洁,更重要的是,他的精神净洁,他的灵魂净洁。

和一个洁净的人在一起,你所感觉到的不仅仅是舒服、愉悦、放松、安全,更重要的是,你会从他的身上深刻地感悟和体会到洁净的美好,激发你对洁净的追求和向往,从而,使你自己的内心和外表也变得更加洁净。

智　者

　　智者是那种看起来很书生、很单纯、很不谙世事的人。

　　智者很安静。智者很少大声喧哗，或者大呼小叫。智者坐在公开场合，常常不声不响，甚至一言不发。

　　智者总是专注地做着自己想做、能做和应该做的事情。

　　智者习惯一个人独处。智者很少私下串联，也很少四处打听和打探什么。智者和人说话，大多是面带微笑，以一副很愿意的样子倾听着别人的诉说，别人说什么，他就听什么，很少插话，也很少主动向别人询问什么。

　　智者很少表现好恶，也很少对身边的人和事作出评价。

　　智者的宽容性、包容性和容忍性极大。

　　智者很儒雅。智者的表情总是一副很平静的样子。

　　智者遇事不动声色。即使是遇到一些在别人看来已经是很冒犯他的事，他也平静如常，视若不见。

　　智者的目光是温和的。但智者的目光特别明亮和深邃，具有强大的穿透力。不管是什么样的人，他只要看上一眼，便立刻可以洞晓对方内心的一切。因此，好耍把戏和诡计的人最怕和智者对视。

智者很随和，很低调。但智者的身上却有一股浩然正气，有着一种凛然不可侵犯的尊严。

智者有着不可触犯的底线。

智者有着独立的思想和独立的人格。智者从不拉帮结派，从不依附什么，依仗什么，投靠什么。

智者更不瞎迎合什么，瞎奉承什么，瞎掺和什么，无端地搅入某种是非。

智者通常的姿态是不卑不亢。

智者是那种智商和情商都极高的人。

智者大智若愚。

智者看起来似乎不问世事，不通世故，但事实上，智者心如明镜，世事洞明。

智者能绕开前行道路上的障碍，能摆脱周边藤蔓的纠缠，能避开鲜花中的荆棘，能识破草丛下的陷阱。

从表面上看，智者并不是那种活得很成功，很风光，占尽了世俗所有好处的人，某些时候某些方面，智者在别人看来甚至很吃亏。但对此，智者并不在意。因为智者本来就淡泊名利，智者所追求和所获得的是常人难以获得的东西，那就是内心的一种大自由，大通透，大舒展，大自在。

名　声

我一向认为，一个人的名声不宜过大。

名声过大，名头过响，就会引起人特别的注意。注意你的人多了，属于你自己的个人空间就会变小。而且，注意你的人多了，挑剔你的人，乃至羡慕嫉妒恨你的人也会随之增多，你的优点被无限度地放大，你的毛病和缺点也会被无限度地放大，你在受到粉丝崇拜和赞美的同时，也不得不接受各式各样的指责、质疑、批评、攻击和谩骂。其结果是，你的生活秩序被搞乱，你的心境被搞乱，无端地增添了许多烦恼。

要那么大的名声干什么呢？名声大、名声响是可以带来更多的财富，可要那么多的财富又干什么呢？

人不是为名声和财富活着。人拥有名声和财富，是为了让自己生活得更好，而不是生活得糟糕。

有一点名声即可。有够自己支配的财富即可。

重要的是拥有平静、安宁的生活。

还有，一个人时，可以偷着乐。

财 富

我总以为，一个人的财富不宜过多。一个人拥有的财富太多了，就意味着可能挤占了别人的财富，别人拥有的财富就少了。

一个人一生实际所需要的财富和所能消耗的财富其实是有限的。过多的财富对一个人并没有太大的用处，甚至会成为一种负担。而一个人一旦意识到自己拥有太多的财富实际上可能对别人的利益形成挤占，内心就会感到不安。在这种情况下，做慈善无疑是拥有较多和大量财富的人最好的选择。一来，做慈善可以帮助那些需要帮助的人，使自己过多的财富重新得到合理的分配；二来，做慈善也可以平衡自己的心里，让自己得到平静和心安。

我这里所说的都是通过正当手段拥有较多和大量财富的人。而通过非正当手段攫取和占有财富的人，其行为本身已经构成罪恶，其所拥有的财富已使其灵魂堕入万劫不复的深渊。

口味

我一直觉得，一个人的口味和一个人生命的强健度有着密切的关联。

大凡生命力特别旺盛和强健的人，胃口总是特别好，吃起东西来，几乎没什么挑剔。酸甜苦辣咸，什么味道都能接受；荤也罢，素也罢，什么食物都能吞咽。因为不排斥、不拒绝什么，吸纳的营养丰富，生命自然也就十分健旺。

生活中，也有口味偏窄甚至极其挑剔的人。这类人，面对餐桌，难免就会产生许多纠结，这个嫌甜，那个嫌咸，这也不吃，那也不吃，能入口的东西实在有限，久而久之，许多有益的营养被拒于口外，身体也就渐渐弱了下来。

人的口味还是宽泛点好。

只要抱着享受的态度，世间所有的滋味其实都是美味。人生所有的滋味亦是如此。

清　理

　　每天，我都要花大量的时间用于清理。

　　清理看过的报纸和杂志，清理夹在报纸中的小广告，清理写过字的纸张，清理作废了的草稿，清理用完墨水的签字笔，清理用过的纸杯，清理没有用的发票，清理不需要再用的说明书，清理拆封过的邮件，清理空掉的包装盒，清理使用过的包装袋，清理空了的护肤品瓶，清理水果皮、茶叶渣、牛奶盒以及各种各样的生活垃圾。

　　清理邮箱里的邮件，清理手机上的短信，清理飘进耳朵里的诸多嘈杂的声音，清理映到眼睛里的各种乱七八糟的信息。

　　只有不停地适时地清理，才能保持眼前和心底的干净、有序和清洁。

　　每天我们所面对的东西不是少，而是多。多的东西一旦都属于一次性消费，有的甚至根本无用，就会带来干扰，就会成为负担，就会成为垃圾。

　　我们不必追求为社会增添很多东西，而应力求为社会所增添的东西对人们能够有较为长久的价值和效用，不至于转瞬间就被当作垃圾清理。

宽　谅

　　在我看来，有一些错误是可以宽谅的：
　　因幼稚而犯下的错误；
　　因无知而犯下的错误；
　　因无心而犯下的错误；
　　因偶尔不慎犯下的错误；
　　因一时疏忽犯下的错误；
　　因一念之差犯下的错误；
　　因一时恍惚犯下的错误；
　　因瞬间不当犯下的错误；
　　因一时冲动犯下的错误……

是人，都难免会犯错误。只要这些错误构不成罪恶，都可以宽谅，甚至即使是有的错误已构成轻微的罪恶，我们也应以怜悯和慈悲之心，予以一定程度上的宽谅。

　　宽谅不是认同，更不是鼓励和纵容，而是从人性的角度给犯错误者以爱护和关怀，为其提供自我反省、自我改正的机会和相应的心理空间，使其感受到生活的希望和暖意，让其人生仍走在正确和正常的轨道，而不至于在普遍的谴责、声讨、讥刺和漫骂声中走向反面，甚至走向对人类的敌视和对人生的绝望。

　　宽谅一些错误，也体现着我们的胸襟和品格，体现着我们对人和生命的善意。在别人犯下的错误面前一旦表现出过激和失当，其实也会导致我们犯下本不该犯的错误，从而使错误无端地扩大和蔓延，使这个世界错上加错。

心　语

　　我深知生活之难，生命之难。但我更深知生活之可爱，生命之可爱。唯其如此，我才更加倍地热爱生活，热爱生命。

　　我一直认为，我所承受的，都是我必须承受的。我所付出的，都是我应该付出的。

　　我所经历的一切，无论顺境，无论逆境，无论幸福，无论苦难，都是上苍对我的厚爱，都在不同程度上帮助和成就了我。

　　生活中，我一向奉行不抱怨，不沮丧，不泄气。我以为，这是一条通向幸福和成功的重要路径。

　　我敬重每一个人，敬重每一个生命。我宽谅所有曾经有意无意伤害过自己的人。对人类，我怀有最大的热爱，同时，也怀有最大的悲悯和同情。

我愿善待每一个人，特别是那些有缘相识、有缘相处，以及所有愿意接近我、亲近我、走近我的人。我愿为之捧献出最大的赤诚。

我知道，在我的背后，有无数目光在注视着我。我不敢马虎，不敢懈怠。

我知道，我所得到的所有的认同都是对我的爱护，我所得到的所有的夸奖都是对我的勉励，我所得到的所有的赞美都是对我的鞭策。我只能做得更好，我必须做得更好。

我最大的心愿和最大的价值就是不断为这个世界增添正能量。

这个世界给了我太多。我唯有感激和感恩，唯有以更勤勉的劳作和更有价值的创造来回报这个世界。

信　仰

在一个非正式的场合，一位担任领导职务的女士在谈话的间隙，突然问我：每次见到您，您总是一副精神饱满、热情洋溢的样子。请问，您有信仰吗？

我说：我没有宗教信仰。但我有自己的人生信仰。这个信仰就是爱。

我的回答是不假思索，脱口而出的。这个答案所透露的是我真实的内心。

我的确是把爱当作自己最大和最高的信仰。

我崇尚爱，追求爱。我的内心也充满了爱。

我爱自己，爱家人，爱朋友。我爱自然，爱生活，爱世界，爱人类。

因为爱，我的内心没有失望，没有悲凉，没有怨毒，没有阴翳，没有诅咒，没有仇恨。

因为爱，我的内心充满阳光，充满温暖，充满希望，充满热情。

因为爱，我对人生怀有极大的悲悯，对世间所有的生命怀有极大的尊重、理解、体察和同情。因为爱，我很容易忽略生活中的一些烦恼和不快，很容易宽谅和宽宥那些无知、傲慢和偏见。

爱让我心胸开阔，敞亮，让我豁达，大度。

爱给了我追求美好的信心和勇气，给了我不竭的创造的激情和动力。

我的爱并非凭空而来。它本源上是来自世界对我的爱，来自我对世界之爱的感恩和感激。

从爱出发，我们的一切，从内心到行为，就会始终向真、向善、向美。

把爱当作自己人生最大和最高的信仰，一个生命就会不断努力，不断进取，就会不断为这个世界增添美好，并让自己的人生不断抵达幸福和完美的境界。

诗意的光亮

照亮平淡琐碎的日常生活的是诗意的光亮。

日常生活总免不了鸡零狗碎,总免不了鸡毛蒜皮,总免不了一地鸡毛。那些莫名其妙的碰撞、莫名其妙的争执、莫名其妙的误会、莫名其妙的埋怨和指责,常常让人既猝不及防,又无法躲避,把心情弄得糟糕之极、灰暗之极、沮丧之极甚至绝望之极,让人灰头土脸、心灰意冷、无语失语、欲哭无泪。

生活本不该是这个样子。

生活也不能就是这个样子。

生活的细屑、杂乱、纷繁和琐碎确实是一种常态。但是,这并不意味着生活的色彩只能是一片无生气、无趣味的灰暗。

庸常的细屑、杂乱、纷繁、琐碎的生活需要用诗意的光亮来照耀。

这诗意的光亮不是来自别处，而是来自我们的内心，来自我们生命自身，来自我们自己。

这诗意的光亮来自我们对生活和生命全面、通透的理解，来自我们对人类和人性深刻的体察、洞悉和巨大的悲悯，来自我们对世界、对生活由衷的热爱和永不失望的热情，来自生命对诗意生活和理想生活的执著追求，来自生命对美好事物、美好景象、美好情感的热切向往，来自我们生命原本就有的诗心、诗性、诗情。

这种诗意的光亮，使灰暗变得明亮，使冷寂变得温暖，使讨嫌变得亲切，使惯常变得新鲜。

这种诗意的光亮来自我们内心，又返照我们的内心。它使郁结得到排解，使烦闷得以消除，使痛苦得到淡化，使空虚得到弥补，使憧憬更加真切，使希望更加强烈。

这种诗意的光亮，不仅照亮了庸碌生活，而且带着我们的精神飞升、灵魂飞升，让我们超越碎屑、滞重和溷浊，超越低级、低端和低层面，向着宏阔、轻灵、高远、无极的境界抵达。

自是欢喜

每天每时每刻，我的心中总是充溢着许多欢喜。

抬起头，头顶的天花板在，窗外的天空在，大地在，草坪和花朵也在。

窗户可以正常地打开，阳光可以透进来，风也可以吹进来。虽然空气不那么清新，但也还不至于令人难以呼吸。

桌上的电脑依旧可以正常地运行，网络也还畅通。水龙头流出的水还是清的，电热水壶依旧可以把自来水烧开。在冰箱里放置了一年的陈茶泡开后茶叶居然还是那么碧绿，汤汁居然还是那么诱人。

打开 Word，要写的题目和文字依然是不请自来。随心所欲地写，不假思索地写，兴之所至地写，回头看看，居然自己都还比较满意。

收到的短信都是想收到的，都是关心自己、需要自己和愿意亲近自己的人发来的。偶尔有不相识的人发来销售商铺和别墅的信息，心里也并不讨厌。发信息的人一定是以为我有购买商铺和别墅的动机，并认为我能够买得起啊。

站起身来，双手可以举过头顶。弯下腰来，十指可以触到脚尖。头可以自如地向两边扭转，颈部也并无不适的感觉。

闭上眼睛，一些美好的面孔、美好的景象、美好的事物、美好的瞬间就会在眼前生动地呈现。

心中始终是面朝大海、春暖花开的感觉。

活着，健康地活着，并且不停地思考和创造着，这还不值得人欢喜吗？

欢喜就是高兴。欢喜就是满足。欢喜就是幸福。

欢喜中，有着人生的真谛。

让自己和他人都活得更好

生活的道理其实真的很简单。我们每天都在工作着,努力着。而所有的工作、所有的努力,目的实质上只有一个,那就是让自己和他人都活得更好。

每个人都希望自己生活得幸福。而对幸福生活的追求,恰恰正是我们每天工作和努力的最大动力,而每天为追求幸福生活不懈地工作和努力的本身也构成了我们幸福生活的一个内容。每个人都有权利追求活得好些,每个人也都应该活得好些。但是,这个世界是一个整体，人类是一个整体。没有任何一个人可以脱离世界和人类而单独存在，独自一人活得很好、很幸福。因此，我们的工作和努力不是只为自己，而是既为自己，也为他人。我们不但要让自己活得好，也要让他人活得好。他人并非与我们无关，他人也是我们生活的一部分。我们只有在让自己活得好的同时，让他人也活得好，我们才能和他人一起共创和共享幸福美好的生活。

假如一个人总是以自我为中心，只求自己活得好，而不顾他人，甚至为了自己活得好，肆意地去损害他人，折磨他人，其结果必然会遭受他人的痛恨和反击，从而最终失去自己个人全部的幸福。

后　记

　　收入这本书中的文字大多是在去年年初到现在这段时间里写下的。

　　这段时间，我除了从事本职工作外，其余时间便仍旧是不停地在中国和世界行走。

　　这本书中的文字差不多也就是写于不停行走的途中和不停行走的间隙。

　　这些文字，有的写于高铁上，有的写于飞机上，有的写于高铁的候车室和机场的候机楼，有的写于各个宾馆和会议室，也有一小部分是写于自己的办公室和书房。

　　我所做的事情都是文化的事情。我所接触、所目睹、所思考的，都和人及人生有关。

我的双脚始终坚实地踏在大地上，但我的思想和灵魂则始终在云端。

　　只有双脚站立在大地上，我才会觉得踏实、安宁、安妥。只有思想和灵魂在云端飞翔，我才会充分感受到生命的自由、舒展和通透。

　　作为人，其实就该顶天立地。顶天立地的人才是大写的人，有力量的人，元气丰沛的人，完整、完美的人。

　　我愿始终以人的姿势立于天地之间，永远脚踏大地，心在云端。

戴　珩

二〇一四年八月二日，农历七夕，南京奥体金马郦城